ねこまち日々便り（下）

ひとも来た編

柴田よしき

祥伝社文庫

目次

七章　恥ずかしい過去

1

「河井雄三……どうしてみんな、その人のこと教えてくれなかったのかしら」

愛美は香田慎一と二人で部屋の片づけをしながら、思わず呟いた。洗った皿を拭いていた慎一も、首をひねる。

「なんだかみんなの態度、おかしかったよね。河井って人の名前が出た途端、不機嫌になっちゃったというか。まあ、とりあえずシャッター展覧会に協力して貰うように、反対派の説得に当たる担当は決まったから、前進はあったわけだけど」

「決起集会みたいにしたかったのに、最後がみんな元気なくなっちゃいましたよね。河井雄三という人のこと、誰も話したがらなかった。でも気になるし、明日父の店に押し掛けて問いただしてみます」

「お父さん、話してくれるかな」

「わかりませんけど、父は嘘つくと顔に出るひとだから」

愛美は笑って肩をすくめた。

皿洗いをしている愛美の足首に、ノンちゃんが頭をすりつける。

「あ、ノンちゃん、ちょっと待っててね。今終わるから」

「遊んで欲しいのかな」

「たくさんお客様が来ていたんで、ずっと押し入れにいたから退屈してるんだと思います」

「この子は人見知りしないのに、さすがにあんな、酒臭いおっちゃんがいっぱいなのは嫌だったのかな」

「利口な子なんで、大事な話し合いをしているんだってわかっていたんじゃないかしら」

愛美は最後の皿をすすぎ終えて慎一に手渡し、手を拭いてから猫を抱き上げた。

「でもみんながあまり思い出したくない人物だとしたら……さっきの商店街の皆さんの反応って、どう考えても好意的なものではなかったですよね、河井雄三、という人に対して」

「まあ確かに。みんな言葉を濁すような感じだったね。ばつが悪そう、というか。何か共通の秘密があるのは間違いないのかなあ、と思った」

　慎一は皿を重ねて、小さな食器棚に収めた。

「商店街の人たちと河井さんの間に、過去に何かあったのは間違いないと思うんです。でも今問題なのは、河井さんが根古万知駅前商店街とわたしたちに対して、敵意を持っているのかいないのか、ですよね。もし敵意を持っているとしたら、欣三さんが……」

「そういう人なの、河井さんって」

「……わかりません。でも、娘さんはお父さんに対して、確かに愛情をちゃんと抱いている印象を受けたんです。頑固で変わり者だとは言ってましたけど、ブログをお父さんのかわりに更新したり、わざわざわたしのところまで訪ねて来たり、お父さんのことを心配して気遣っている、と感じました」

「少なくとも、肉親に見放されるような人間ではなさそう、ってことか」

「やっぱり、父を問い詰めてみます」

　愛美は言った。

「河井さんが悪意を持って欣三さんに近づいている、という可能性が少しでもある以上、昔のことだから関係ない、では済ませられないですから」

＊

「おまえが気にするようなことやない」

愛美が予想した通り、河井雄三のことを持ち出すと、島崎国夫（しまざきくにお）は不機嫌になった。

「昔のことや」

「でも娘さんがわざわざ、わたしを訪ねて来たのよ」

「おまえがメールなんか出したからやろう」

「河井さんは昔、この町に住んでいた。河井さんってお父さんと同じくらいの年齢よね。お父さん、河井さんと学校、同じだったんじゃない？　ゆうべうちに来ていた人たちも、だいたい同じくらいの年齢でしょう。根古万知には小学校が一つ、中学も一つしかない。もしかしたら、みんな河井さんと同級生だったとか」

「おまえは知らないが、昔は小学校は二つあったんや」

「二つ？」

「おまえが生まれた頃に、子供が減って今の根古万知小学校に統合された」

「じゃ、河井さんとは別の小学校だったの」

国夫は仏頂面のまま、ラーメンの出汁をかきまわしている。

「お父さん、あのね、河井さんは欣三さんと二人で何かやってるの。それが商店街の文化祭にとっていいことなのかそうでないのか、それを確かめたいのよ」

「商店街のことなんか、欣三さんは気にもしてないやろ。あの人は、その、認知症やて佐智子さんも言うてたで」

「慎一さんがね、欣三さんの認知症は、わたしたちが思っているよりずっと軽いんじゃないか、って」

「ボケたふりしてる、ってことか」

「そんな気がする、って」

「気がする、だけではなあ」

「ねえ、河井さんとは何があったの？　昔のことなのに秘密にしておかないといけないような、ひどいことだったの？」

国夫は黙って出汁をかき混ぜていたが、大きな溜め息と共にカウンターの外に出て来た。

「俺から聞いたゆうことは、誰にも言うな」

「……わかった」

「いろんな意味で、思い出したくないと思ってる者は多いと思う。俺自身も、思い出さないようにして来た気がする。けどな……河井がこの町に戻って来たことは、その時が来た、ゆうことなんやろな」

「その時？」

「人間は、その人生で自分がしたことには、いつか自分で責任をとらんとならん、てことやな。たとえそれが子供の時のことであっても、な」

愛美は思わずごくんと唾（つば）を呑（の）みこんだ。自分の父親が過去に何かひどいことをしたのかもしれない、と思うと、背中が震える。

「そんな顔するな、愛美」

国夫は軽く笑った。

「俺自身はまあ、腰抜けの傍観者（ぼうかんしゃ）、やったからな。それ自体恥ずかしい過去やけど、子供の自分に何ができたか、仕方なかったんかなあ、と思わんでもない。ただ、娘のおまえに告白するのは、これでけっこう勇気が必要やな。別に今さらおまえに尊敬して貰いたいとは言わないが、男親ってもんは、子供の前ではええかっこしたいもんやから」

「言っても信じないと思うけど、わたしはお父さんのこと、尊敬してるよ。お母さんが死んでから、ちゃんとこの店やって一人で頑張（がんば）ってるもん」

「この店やらんかったら食えんやないか」

国夫は、店の飲み物用冷蔵庫からビールを取り出した。

「まだ四時よ」

「少し飲まんと話しづらい。もう仕込みは終わってるし、今夜もどうせ客はそんなに多くない、ちょっとくらいええやろ。おまえも飲むか？　信平んとこのバイトはもう終わったんやろ」

「じゃ、ちょっとだけ」

二つのコップにビールを注いで、片方を愛美に手渡す。

「ああ、うまいな。まだ日があるうちに飲むビールはうまい。毎日この時間にあけるかな」

「お客さん少ないのに、店のビールを毎日飲んでたら赤字になるよ。今だって採算、ぎりぎりでしょ」

「いや、たいてい赤が出てる。冬になると若干盛り返すんで、冬場の黒字分を春から秋に食いつぶして、一年トータルでとんとん、そんなもんかな。家賃払ってたらとうの昔に店閉めてる」

「夏は冷やし中華とか、売れないの？」

「ラーメンと違うてな、冷やし中華は毎日食いたいとは思わんやろ」

　国夫はコップのビールを飲み干した。

「さて、何から話すか。河井雄三は……俺の二つ上の学年やった。俺が一年坊主の時、三年生やな」

「やっぱり、同じ学校だったの！」

　国夫はうなずいた。

「当時はまだこの町も子供が多くて、二つの小学校とも一学年二クラスずつあった。一人っ子が珍しい時代や、友達もみんな兄弟姉妹がいてな、遊びに行くと上や下の学年の子らともよく一緒になった。遊びに行く、ゆうても、当時は整備された公園なんかない。休耕田でバッタやらなんやら追いかけたり、農協の駐車場の、あんまり使われてないほうで野球したり、そんなんやな。あとは商店街の中の駄菓子屋にたむろする。昭和四十年代、子供の小遣いは一日十円とか二十円とか、そんなんや。それでも駄菓子屋に行けば、三つで十円の丸いガムとか一個五円の飴とか、けっこう買えるもんがあった」

「駄菓子屋さんって、わたしが子供の頃まであった、みどり屋さん？」

「ああ、そうや。その店で河井雄三はとても目立つ子やった」

「目立つ？」

「ああ、目立っとったなあ。まず羽振りがえらい良かったんや。小遣いの額が、俺たちとはちょっと違うてて」

「河井さんのおうちはお金持ちだったの」

「いや……確か兼業農家で甘夏作ってたが、そんなに儲かってたわけがない。雄三の父親は確か、N市の自動車修理工場に働きに行ってて、普段はN市で暮らしてたように記憶してる。雄三の家はちょっと離れたとこにあったんやなかったかな、少なくともこの近所やなかったな。母親と祖父母とで甘夏作って、そういう暮らしやな。けど……雄三には、歳の離れた姉がいたんや。その姉さんが……N市に住んでて……ま、ただの噂で真偽のほどはわからないから、あまり言いたくないんやが、どっかの金持ちの二号さんをしてたらしい。それでたまに実家に戻ると、弟にたっぷり小遣いをやってたんやな。それで河井雄三は、駄菓子屋でいつも散財しとった。散財ゆうても、駄菓子屋やで、せいぜい五円の麩菓子を十本もまとめ買いしたとか、三十円するアイスクリームを毎日買うてたとか、そんなレベルやで。笑えるやろ。けど、五円のもの買うのに悩みに悩んでいたような俺たちから見たら、河井雄三の金の遣い方はかなりショッキングなもんやったんや」

「それで目立っていた、ってこと」

「田舎町では、ほんのちょっとしたことでも他の人間と違っていると目立つもんや。けど、羨ましいなあと思うことはあっても、駄菓子屋で菓子をまとめ買いしたくらいでは子供らはたいして気にせん。ただそのことを家で話せば、大人たちは眉をひそめるわな。今みたいに子供が多少贅沢するのが普通の時代やない、昭和四十年代は高度成長期とは言っても、まだまだ庶民はみんな貧しかった。河井雄三とその美人の姉さんのことは、あまり芳しくない噂になって広がった」

「なんだか、可哀そう」

「そう、雄三に罪はないし、金遣いが荒いゆうてもたかだか数十円、他人がごちゃごちゃ言うようなことやない。けどな、雄三の姉さんは、ちょっと美人過ぎたんやな。本当に金持ちの二号さんやったのかどうか、それすらはっきりしないけど、ただ噂だけは次第に尾ひれがついて広まった。そうなると田舎町のことやから、雄三の姉さんを悪く言う人間も増えるし、それを自分の子供に吹きこむ奴も増える。親が誰かを差別すれば、子もそれが正しいと信じて差別する。俺は二学年も下やったから、そういうことはなーんも知らんかったけどな、あとでいろいろ知って驚いた。いつのまにか雄三は同級生から仲間はずれにされて、今で言う、イジメ、みたいなもんを受けていたらしい。商店街の連中が雄三のことを思い出したくないのは、イジメに加担していた後ろめたさがあるんやと思うわ……でも雄三は、なんとかして友達に仲良くして欲しかったんやろなあ。駄菓子屋で買った菓子や野球カードなんかを配ってな、取り巻きを増やそうとしていた。子供なんてゲンキンなもんや、菓子がもらえるとなればその時だけは雄三の味方につく。けどすぐにまた裏切っていじめる側にまわる。そういうことを繰り返しているうちに、雄三はすっかりいじけた性格になってしもて、嘘をつくようになった。まあそれも、俺は直接知らなかったことばかりで、あとになって雄三の同級生やった連中から聞いたんやけどな」

「……嘘を」

「どんな嘘なんか、詳しいことは知らん。結局、雄三も自分の身を守りたい一心やったんやろな。子供ゆうのはしょっちゅう嘘つくし、自分でついた嘘を片っ端から忘れるもんや。雄三の嘘も、そんなたいそうなもんやなかったと思う。けど、それが混乱を招いた。イジメはエスカレートし、とうとう雄三が池に突き落とされるゆう事件が起こった。今はもう埋め立てられてる、農業用の溜池や。けどそうなると笑い事では済まん。その当時、何年かに一度は子供が用水池に落ちて溺れて亡くなる事故があったから、雄三の両親は学校に怒鳴りこんだ。当たり前やな。幸い大事には至らんかったんやけど、学校は大騒ぎや。保護者会が開かれて。結局、雄三の両親は納得せず、雄三はもう一つの小学校に転校した。特例の越境入学ゆうやつやな」

国夫は、ふう、と息を吐き出した。

「雄三を池に突き落としたのが誰なんかは、言わんで。本人たちも充分反省はしてたはずやし、なんにしてもまだ九歳、自分らのしたことの重大さは学校が大騒ぎになって初めてわかったろうしなあ。ただ、そいつらは今でも雄三のことは思い出したくないやろし、雄三がここに戻って来たと聞いたら心おだやかではいられんやろ。雄三は転校してから一年も経たないうちに、家族で大阪に行ってしまった。雄三の祖父ちゃんが死んで、それを機会に農業をやめ、雄三の母方の実家がやってる仕事を一家で手伝うことになったとか、なんかそんな話やったと思う。甘夏の畑は中古車屋に売却されて、しばらく中古車の展示場になってたな。今は、ファミレスやコンビニが建ってる。ただ雄三のことで一つだけ、不思議なこともあるんや」

「不思議なこと……」

「雄三はな、ＵＦＯを信じてた。それで、自分はＵＦＯを見たことがあるって言い張ってて、それも嘘やとみんな思うてた」

愛美は驚いた。そしてようやく、河井雄三がどうしてあんな画像をネットに載せたのか、その理由を知る手がかりが見つかった、と思った。

「けど、河井家がこの町を出て引っ越しした夜、町の人が何人も、光る変なもんが飛んでたのを見たんや」

「……ＵＦＯを、見た人がいたの⁉」

「いや、ＵＦＯなのかどうかはわからん。けど、学校でもしばらくその話でもちきりでな、しまいには、実は河井雄三んちは宇宙人一家やったんやないか、なんてばかばかしい話まで広まったんや。それで、雄三がいじめられた仕返しに、いつか宇宙人が攻めて来て町を滅(ほろ)ぼすんや、なんて」

　国夫は笑った。

「みんな、良心の痛みはあったんやろなあ。俺らはまだようやっと二年坊主、年上の子たちがそんな話をしているのを、ようわからんと思いながら聞いていた。けど、いつか宇宙人が攻めて来る、と、かなり大きくなるまで思ってたな」

　国夫は、頭に手をあてて苦笑いした。

「こうやって娘に話すと、ほんまに恥ずかしい過去やな。もし河井雄三が戻って来てるゆうのがほんまなら、一度ちゃんと謝(あやま)るべきなんやろな」

2

「やっぱりその手の話だったんだね」

慎一の運転は藤谷信平に比べると少し荒っぽい。愛美は無意識に助手席の窓枠上に付いているバーを握っていた。

慎一はカメラマンとして海外に出ていた期間が長い。戦場カメラマンではないと自分では言っているが、紛争地域にいたこともあるらしい。車の運転は頻繁にしていたのだろうが、整備された舗装道路を走ることはあまりなかったのかもしれない。

「なんだかみんなばつが悪そうだったから、そんなことじゃないかとは思ったんだけど」

「父の話だと、池に突き落としたのも偶発的なことだったみたいなんです。なんとなく仲間はずれにはしていたけど、それまでは暴力をふるうことはなかった、って。でも父の知らないところで何があったのかまではわからないですよね。父は自分で言ってました。面倒なことにかかわりあいになりたくないから、卑怯者になった、って。見て見ないふりしていたんだと思います」

「まあそれは仕方ないよ。だってまだ一年生だったんでしょ、お父さん。いじめてた子たちだって九歳じゃ……」

「でもゆるされることじゃないです。ましてや、池に突き落としたんだとしたら、命にかかわる問題です……なのに河井さんが転校したらあとはみんなで忘れようとしていたなんて、正直、かなりがっかりしちゃった。自分の父親がそんな人間だったなんて……もちろん、今さら責めるつもりはないし、そんなことしても何にもならないですよね。でも父には言いました。きちんと河井さんに謝罪するべきだって。父は本気でそのことを考えてみると約束してくれました」

「河井さん、今になって謝罪を受け入れてくれるかな」

「受け入れて貰えなくても、河井さんが根古万知に戻っている以上は、きちんとしておかないと」

「まあそれはそうだけど。……でもどうなんだろうなあ……愛美さんは、子供の頃にいじめられた経験ってある？」

「仲間はずれにされたことはありましたけど……女の子同士の、ちょっとした行き違いとか嫉妬とか、そういうのが原因で。中学の頃は部活に夢中だったし、高校はＮ市の進学校で、入学してすぐ三年先の受験のことばかり考えてるような学校生活で」

「つまり、記憶に刻みつけられるほどいじめられた経験、ないんだ」

「それはとてもラッキーだったね。僕はあるんですよ。中学の頃、それこそもう学校に行くのが本当に嫌になるくらい、けっこうきつかった」

愛美は慎一の横顔を見た。フロントガラスの向こうを見つめるその表情は、淡々としているように見えた。

「どうして自分がそんな目に遭うことになったのか、今ではもう細かいことはすべて忘れました。僕にもきっと悪いところはあったんでしょうね。でも今だから言えることがひとつあります。たとえ僕に落ち度がいかほどあったにしても、イジメに加担していたあの頃の同級生たちは、僕の百万倍、いや千万倍の落ち度がある。非は向こうにあるんです。理由なんか関係ない。子供にとって学校は、その人生のほぼ半分です。いや、本人の意識の中では家庭よりも重いものかもしれない。その人生の半分で居場所を失うということがどれほど辛いことなのか。子供のしたことだからと、簡単にゆるすのは間違いだと、僕は思ってます。わかるかな。昔のことだから水に流してくれ、子供のしたことだから、と簡単に手を差し伸べられて、それをわだかまりなく握って忘れられるような問題じゃない、ってことなんですよ……いじめられていた本人にとっては、ね」

慎一は、黙っている愛美をちらっと横見して言った。

「ごめん、言い方、ちょっときつかったかな。君のお父さんたちが謝るべきだ、という君の考えは正論だし、全面否定するつもりはないんだ。ただ、河井さんの立場からして、今頃みんなで押し掛けて来て、昔のことを謝罪されて、それでゆるしてくれって言われるのは、かえって苦痛なんじゃないかな、と思ったんです。仮に僕が河井さんだったとしたら、僕はゆるしたくないな。少なくとも、いきなり押し掛けて来られて、ごめんなさい、と勝手に頭さげられて、それで、はいそうですか、とゆるす気にはとてもなれない。でも大勢で押し掛けて来られたら、ゆるさざるを得ないでしょう。特に、愛美ちゃんのように、加害者の娘さんが一緒に謝ったりしたらね、そりゃ、ゆるすって言わざるを得ない。ある意味……それでは脅迫じゃないかな」

「脅迫」

愛美は、その言葉の強さに打ちのめされた。

「……わたし……ごめんなさい、そこまで考えてなかった……」

「愛美さんは比較的幸せな子供時代をおくった。それは素晴らしいことです。そのことはひとつも悪くない。でも、だからわからないこと、っていうのもある。そして、君のお父さんたちは君よりは、そういう河井さんの気持ちが想像できるんじゃないかな。君のお父さんは、河井さんがいじめられているのを見て見ないふりをしていた、という負い目を持ってます。だから、行って謝ればそれで済む、とは考えていない。いつかは謝らなくてはならないと思っていても、そのタイミングは難しいことを知っている。そういうことなんじゃないかな」

「……わたし、無神経だったんですね……」

「いや、君のせいじゃない。君のお父さんはちゃんとわかってる人です。君に言われたからって、河井さんの気持ちも考えずに押し掛けるつもりはなかったと思いますよ。いずれにしても、決定権を持っているのは河井さんです。河井さんが昔の同級生に逢いたくないと思っているのなら、逢わないでいてあげるのも思いやりだ、ってことです。逆に河井さんのほうから同級生たちに近づいてくれるのであれば、その時は昔のことを謝って、新しい仲間になれる可能性も出て来る。その点、僕は若干、楽観しているんですよ。自分自身のことを考えた時、僕は今はまだ、当時の同級生には逢いたくないし、彼らに近づく気もない。こうして地元に戻っていてもぜったいに昔の同級生に連絡なんか取らない。でも河井さんは、わざわざこの町に戻って来た。もし彼が僕のように、まだ昔のことに強くこだわって頑なな気持ちでいるのだとしたら、わざわざここに戻って来たりするかな、って。娘さんはN市に住んでいるんでしょ、たとえば仕事の関係でこの町に用事があるんだとしても、娘さんの近くで暮らしたっていいわけだ。なのに河井さんはわざわざ、こっちで暮らしている」

「父や、昔自分をいじめた人たちのこと、それほど憎んではいない、と？」

「いや、憎んでいるかどうかはわからない。人の心の中の問題は、そんなに単純じゃないでしょう。でもネガティヴな感情があるにしても、自分からこの町に戻って来てくれた、というのは、河井さんの中である種の決着がついているということなのかもしれない。昔のことはともかくとして、今、河井さんには根古万知で暮らす必要がある、それだけでも取っかかりにはなるでしょう」

「でも」

愛美は前方の赤信号を見つめて言った。

「戻って来た目的が……」

「心配？　河井さんが何かよからぬことを、君のお父さんたちにするつもりなんじゃないか、って」

「……正直、不安はあります。娘さんと話した限りでは、娘さんは良識のある普通の女性に思えました。そのお父さんなんですから、そんなに常識はずれなことはなさらないと思いたいんですけど……」

「昨日、ずっと考えてたんだけど、河井さんが何か悪意を抱いてこの町に戻って来たんだとしたら、あんな目立つＵＦＯの画像をインターネットにアップしたりするかな、って。河井さんの娘さんが君を訪ねて、ＵＦＯの画像は河井さんの希望で掲載している、ということははっきりしたわけです。僕らが直接河井さんを訪ねて、画像について質問することに不自然はないですよね」

「でも相手にして貰えないかもしれません」

「手土産は用意してあります」

慎一は、いたずらでも企んでいるような笑顔になった。

「とりあえず、君は成行きを見守っててください。僕が河井さんと話をします」

ＵＦＯの丘は、前に来た時同様、人気がなかった。地元の保育園や小学校が課外授業に使う程度で、あとは地元民にも忘れられている施設だ。前に来た時は気づかなかった、この丘はもともと古墳だった、という説明が書かれていた表示板は、枝が伸び放題の雑木に埋もれて見えなくなっていた。

二人は草に半ば埋もれた階段をのぼって展望スペースに立った。

「欣三さんが、河井さんらしい人と落ち合ったのはあのあたりです」

愛美が指さした。

「欣三さんはバスで近くまで来て、歩いてここに来たようでした」

「バス停から十分はかかりますね。二人の接点がわからないな。でも河井さんを直撃するんだから、今はわからなくても問題なし」

　慎一は、手を伸ばして深呼吸した。

「では行きますか」

「はい」

　二人は丘を降りてまた車に乗った。河井の娘から、住所は訊いてある。だがカーナビに入れても表示されるのは山林ばかりで、相当辺鄙なところにひっそりと暮らしているらしい。

　古墳の丘から二十分は山道を走った。道は次第にのぼりになり、カーブが多くなる。

「峠越えの道だね。昔は主要な街道だったのかも」

「このまま行くと、県境かしら」

「うん、確か、峠の向こうに湯治場がある」

「温泉があるんですね」

「とても小さいけど、昔ながらの温泉で、なかなかいいですよ。ずっと昔に亡くなったじいちゃんに連れてって貰ったな」

「温泉と言えば、二つ隣りの駅からバスで十五分くらいのとこにもありますよね。近いのに行ったことないんですけど」

「炭坑が閉鎖された時、小さな湯治場だったとこを観光用に開発したんですよね。シバデンが投資したんじゃなかったかな。昭和の頃はけっこう客も多かったみたいだけど、今は経営が苦しいらしい。旅館も減って、今は確か、一軒しか営業してないはずです」

「温泉ってブームだと聞いたことがあるんですけど」

「今ブームになってるのは、女性が楽しめる温泉でしょう。浴場が綺麗で、部屋も畳じゃなくてベッド、食事も和洋折衷とか洒落たフレンチでワインが飲める。スパやエステを併設していて、みたいな。あそこは昔ながらの、団体客、それも男性が好むような温泉ですからね。風呂は広いけどあまり綺麗とは言えないし、食事は大広間でお膳にのっかった旅館料理です。天麩羅も酢の物もみんな一緒に出て来てしまうような。味より品数と量、ビールが飲めればそれでいい。そしてコンパニオンがお酌してくれれば」

　慎一は笑った。

「なんて、そんな旅館は男でも、今どきの若い人は興味ないだろうな。僕なんかは海外から戻って来ると、そういう昔ながらの旅館もいいなあ、と思うんだけど。いずれにしても、経営はかなり苦しいという噂ですね。一時はシバデンが撤退するって話も出ていたそうです」

　峠まであと二キロの表示が出たところで、林道の表示があった。

「ここを入るみたいだけど……未舗装路だな」

「大丈夫ですか」

「ゆっくり行くから大丈夫。この車は車高がそんなに低くないし。でも乗り心地は悪くなるな。車酔い、しないほうですか」

「平気です」

「良かった」

　慎一は律義にウィンカーを出して林道へと入った。入口のところに落石注意の標識と、林道の略式な地図がある。

　慎一は愛美の手から道路地図を受け取り、略図と照らし合わせた。

「こっちで間違ってないみたいだな。なんともすごいところで暮らしてますね、河井さん」

　慎一はゆっくりと車を進めた。林道そのものはなんとかすれ違いができる程度の幅はあるが、地道で石がごろごろ落ちている。中には人の頭くらいの石もあり、慎重によけて進むのはけっこう大変だった。

「でもわだちがありますね」

慎一はハンドルを握ったまま、身を乗り出すようにして路面を見ながら運転している。

「車が通ってるんだなあ、こんなとこ。林道パトロールの車かもしれないけど。地図によると、三キロくらい進んだとこに分かれ道があるはずなんです」

「このあたり、国有林ですよね」

「たぶん。でも分かれ道の先は私有地という可能性もありますよ。あ、携帯の電波、来てますか」

愛美は携帯電話を取り出した。

「弱いですけど、通じるみたいです」

未舗装路を三キロ進むのは、思った以上に大変だった。運転していない愛美も緊張でからだのあちらこちらが痛くなる。

「あ、あれだ」

標識が出た。

古根子(こねこ)集落

「こねこしゅうらく？　根古万知と関わりがありそうな名前だな」

「こんなところに集落があるんですね」

「聞いたことないけど、そうみたいですね。河井さんはそこで暮らしているわけか」

標識の先に現れた分かれ道は、車一台がやっと通れるほどの細い道だった。それでも二本のわだちがはっきりと先まで続いている。欣三が乗りこんだ軽トラックかもしれない。

道は下りになっている。古根子集落は谷沿いにあるらしい。

「ねこまちに、こねこ、か」

慎一は陽気に言った。

「いい取り合わせじゃないですか。猫の町と、仔猫の集落。もしかすると、町おこしに役に立つかもしれないですよ、河井さんが暮らしているこの場所が」

3

細い未舗装路を慎重に進むこと十分余りで、ようやく道は下りきって平らになった。畔には栽培植物が花を咲かせている。

田んぼと畑が道の両脇に並んでいるが、どれも区画は小さく、自家消費用のようだ。畔（あぜ）には栽培植物が花を咲かせている。

さらに五分ほど走って、やっと建物が見えた。木造の小さな小屋で、農作業小屋らしい。

「電気、来てないのかな」

慎一が運転しながら空を見ている。

「電線がありませんね」

「まだこんなところがあるんだね」

「農業で暮らしているんでしょうか。それにしては畑も田んぼも区画が小さいですね」

「限界集落なのかもしれない。そして居住者がすべて年金生活者という可能性はあると思う。食べる分の米と野菜を作れるなら、国民年金だけでも生活はできるでしょう。ああでも、いいところだなあ。カメラを持ってくれば良かった。ここは写真に撮りたいなあ」

そこは谷間の集落だった。見回す限りぐるっと、すぐ近くに山が迫っている。中心部に川が流れ、わずかな平地に田んぼと畑、そしてはるか遠くに、ぽつり、ぽつりと家が建っているのが見えた。

「ここも根古万知の一部なんですよね」

「たぶん。でも地元民なのに、知らなかったなあ。もしかしたらすごく古い集落なのかも。根古万知が炭坑で栄える前からあったところなんじゃないかな」

「それで、古根子……」

「もともとは古根古、古いって字を二つ使ってたんじゃないかな。古根古万知、という意味で。炭坑が開発されるまで、このあたり一帯は本当に何もない、人もあまり住んでいないところだったと聞いたことがあります。根古万知で今、甘夏畑になっているところとか田んぼになってるとこは全部、炭坑が開かれて人がたくさん住むようになってから開墾されたそうですよ。もともとはあのあたりは湿地で、大規模な土壌改良してやっと農作物がとれるようになったんだとか」

「炭坑が開かれるまでは、すごく辺鄙なところだったんですね」

「シバデンだって元々は炭坑から石炭を運び出すために敷かれた鉄道ですからね。炭坑ができるまでは国道も通っていなかったらしいし、とにかく陸の孤島というか、交通の便はとても悪いところだったようです」

「この集落は、その頃から人が暮らしていたかもしれないんですね」

「しかし困ったな。どこにあるんだろう、河井さんの家」

「あそこ、畑に人がいます。訊いてみましょう」

　車を停め、愛美は畑仕事をしている人に近づいた。

「すみません、ちょっとお尋ねしてもよろしいでしょうか」

ネギの束を細い藁でくくっていた男性が顔を上げた。真っ黒に日焼けした顔には深く皺が入り、農家の老人らしい風貌だった。

「はあ、なんでしょう」

「河井さんのお宅を探しているんです。河井雄三さんのお宅をご存じでしたら」

「雄三さんの家やったら、この先の、青いトタン屋根の家です」

「ありがとうございます」

「あんたたち、雄三さんのなんね？　親戚かね」

「いえ、わたしの父が雄三さんの昔の知り合いなんです」

愛美が言った。

「父のおつかいでちょっと」

「そうね」

老人はもう興味をなくしたようにうなずくと、またネギの束を縛りにかかった。

愛美は車に戻り、慎一がゆっくり車を進ませた。教えて貰った通りに、やがてくすんだ青色のトタン屋根が見えて来た。

古い、というより、かなり傷んだ家だった。木造の壁のあちらこちらに、外から板を打ち付けてある。穴でも開いているのだろうか。

外壁に沿って薪が積まれているが、プロパンガスのボンベは見当たらない。代わりに、愛美には何なのかわからない機械のようなものが置かれている。

「発電機ですね」

愛美のあとから車を降りて来た慎一が言った。

「ガソリンで自家発電してるんだな。このタイプは建設現場なんかで使われてる大型ですよ」

「じゃ、電気製品が使えるんですね」

「日常的に使ってたら燃料代が大変ですが、どうしても必要なものだけ、短時間使うなら便利でしょうね。パソコンとか携帯とか。このくらいの大きな燃料タンクなら、フル稼働でも五、六時間は持つと思います」

「でもここ、携帯の電波が」

愛美は自分の携帯を取り出した。

「……あら、電波、来てる」

「近くの山に電波塔があるんでしょう。山の中でも意外と電波がよく届くところがあるんですよ」

「でも電気が来てないんじゃ、電話が」

「昔ながらの通話しかできない電話機なら、使えます。たぶん電話線はどこかに来てますよ」

「あ、あれ」

愛美は山沿いの一角を指さした。

「あそこに家が数軒建ってますね。あれ、電線みたい」

最初に遠くに目にしていた人家だった。道が緩(ゆる)やかにカーブしていたので、手前にあった青いトタン屋根の家は視界に入らなかったらしい。

愛美が指さした一角には五、六軒の農家が比較的近い距離に散らばっていて、遠目にも電柱の存在が見てとれた。

「非電化地域というわけじゃないんだ……でも電線があそこまでしか来てない。つまり、あのあたりがこの集落の端(はし)っこ、なんだな。ということはこの家は」

慎一は目の前の家に視線を戻した。

「集落からは外れて建っていることになりますね」

「でも新しい家ではないですよ。河井さんが根古万知に戻ってから建てた、という感じじゃないわ」

「ま、とりあえず行ってみましょう」

慎一は先に立って玄関に向かった。玄関と言っても、割れたガラスをガムテープで修復した引き戸があるだけ。

「河井さん」

慎一が大きな声で呼んだ。

「河井雄三さん。ご在宅ですか。河井さん」

家の中に人の気配がする。畳を踏みしめる音がして、紙のようなものがカサカサ音をたてた。

「河井さん！」

慎一がひときわ声を大きくした。

「香田慎一と言います。駅の売店にいる塚田恵子の甥です。こんなふうに押し掛けてしまって申し訳ありません。娘さんからここの住所を聞きました。娘さんがメールで知らせてくださるとおっしゃっていたんですが、あの、少しお話を伺えないかと……」

足音が近づいて来て、ガラガラと戸が開いた。

小柄な男性が立っていた。確かに年齢は、愛美の父親くらいだろう。だが風情はかなり違う。まるで大学教授か何かのようにすっきりと上品だ。白髪は綺麗になで付けられ、さっぱりとしたストライプのシャツに、若々しいカーキ色のチノパンツ。銀縁の眼鏡。

　愛美は面食らった。なんとなく、気難しい顔の、作業服で日常も生活しているようなタイプの人ではないかと想像していたのだ。

「娘からメールは来ています。それによると、いらっしゃるのは女性かと思っていましたが」

　河井の視線が愛美に注がれた。

「はい、わたしが島崎愛美です」

「島崎国夫くんの、娘さん」

「はい」

　河井が微笑んだように見えたが、一瞬の表情の変化だった。

「どうぞ。汚いところですが。何しろこんなところで男の一人暮らしですからね、掃除など適当で」

　引き戸の中には土間が広がっていた。農家の土間としては狭いほうだろうが、それでも随分広々として感じられる。きちんと揃えられた長靴、スニーカー、それに革靴が一足、靴箱は見当たらない。穀物が入っているらしい袋。そして積み上げられた薪。

　土間から上がらずに横の通路を進めばそこには台所がある。民俗資料館などでしか見たことがない、大きな竈が見えた。床を張っていない、土間続きの台所だ。流しは石造りで、七輪も見えていた。

靴を脱いで板の間にあがると、小さなダイニングテーブルと椅子が二脚。河井が襖を開けると、十畳はありそうな和室があり、手前の板の間に小さな囲炉裏が切ってあった。

だが、そうしたレトロでなかなか味わいのある室内よりも、愛美を驚かせたものがあった。

奥の床の間に飾られた、写真パネル。

その写真には、黒い夜空に白い光の楕円形がいくつも並んでいた。

……ＵＦＯ⁉

「こんな辺鄙なとこなんで、あまり買い物にも行かなくてね。何もありませんが、ま、どうぞ」

和室に置かれたウレタンソファに、愛美と慎一は並んで座った。床の間を背に囲炉裏の方を向いて置かれた、二人掛けの小さなソファだった。

河井は一度姿を消すと、盆を持って戻って来た。盆自体は古めかしい感じの漆塗りだったが、載っているのは白磁のティーカップに入った紅茶だった。

ソファテーブルのようなものがないので、ソーサーに載せたままで手渡されたカップを膝の上に置く。

河井は自分の分をマグカップにいれていた。カップを手に、畳に座りこんだ。

「わたしは失礼してこちらで。普段あまり客が来ないんで、客用の座布団なんか持ってないんですよ。でもそのほうが楽でしょう。それね、ソファベッドでね、寝る時は広げるんです」

河井はそう言って、笑った。

「布団より手間がかからない。パッドとシーツ敷けばいいんだからね、ものぐさのわたしに向いていている。さて、娘からはあなた方がわたしの話を聞きたいと言っている、としか書いてこなかったんだが、お聞きになりたいのはどんなことです？」

河井は紅茶をすすると続けて言った。

「いや、あなた方のお聞きになりたいことは、だいたい予想がついてます。まずはあれでしょう」

河井は愛美たちの背後、床の間の写真パネルを指さした。

「ＵＦＯの問題。どうしてあんなふうに、ブログのトップにＵＦＯみたいなものの写真なんか置いてあるのか」

河井はまた紅茶をすする。

「そしてもう一つ。なぜわたしが今ごろになって故郷に戻って来たのか。欣三さんとの関係はどうなっているのか」

「お気づきだったんですね……わたしと信平さんがあなた方を見ていたのに」

「いや、遠目だったんであなただとはっきりわかったわけじゃないですよ。信平さん、というのは商店街の喫茶店のマスターかな？」

「はい」

「いずれにしても、丘の上で見知らぬ男女が見ていた、というのはわかってました。そしてその二人が根古万知の者なら、近いうちに噂が立って、誰かがここにわたしの存在を確かめにやって来るだろう、というのも予測していましたよ」

河井はマグカップを畳の上に置いた。

「ＵＦＯについてはあとで説明するとして、そうだな、まずはなぜわたしが故郷に戻ったのか、話しましょうか。ご存じのように、わたしは島崎国夫くんの二年先輩でした。だがいろいろあって、もう一つの小学校に転校することになり、その後すぐに引っ越しました。それ以来、ずっと根古万知を離れていた」

河井はそこで言葉を切って立ち上がり、また台所へ消えた。五分ほどして戻って来た時は、盆の上に皿が載っていた。

「甘いもんはあまり食べないんだけどね、昨年たくさん採れたんで、砂糖に漬けてみたんだ」

　栗だった。マロングラッセのように見える。

「裏の山を登る途中に栗の木がたくさんあるんですよ。栗はここの特産品でね、どの家の裏にも栗林があるから、山の栗なんか誰もわざわざ採らない。ありがたく頂戴してます」

「いただきます」

　愛美はひとつつまんで口に入れた。マロングラッセより素朴な味がしたが、栗の風味がとても美味しかった。

「根古万知を離れていた間のことは、関係ないし退屈な話なのではしょりますよ。とにかく、一人娘も独立してちゃんとやってるし、かみさんは死んだし……子宮ガンでね……仕事は嫌いじゃなかったけれど、なんだかね……大学に勤めてたんです。いちおう、教授って肩書きで社会学教えてました」

　愛美も慎一も驚いて河井を見た。

「ま、私立の三流大学ですよ。でもわたしには合っていた。学生たちは優秀でもなんでもなくて、呑気で、でも気のいい子ばかりでね。このまま若い人たちと過ごしながら、歳をとって定年迎えるのもいいか、と思ってたんです。故郷に戻りたいなんて、考えたこともなかった。なのに、かみさんのいない生活がじわじわとわたしを蝕んだ。毎朝、一人で朝飯を食うでしょ、それがねえ、まるで紙でも食ってるみたいに味がしないんだ。しまいには朝飯を食うこともやめてしまった。だからって腹が空いてるから昼飯が旨いか、って言うとこれも旨くない。空腹は苦痛だから、それから解放されて良かったなとは思うけれど、旨いもんを食ったあとの幸せな眠気みたいなもんは訪れてくれない。ああ、俺はもう、飯食って旨いと思うことは一生ないのかもしれないなあ、って考えたら、なんとも情けなくなった。せめて夜だけでも、と思ったけど、夜だって似たようなもんでした。面倒でビールで腹ふくらまして寝ちゃったり、ね。そんなこと一年も続けてたら、自分では気づいてなかったけどげっそり痩せてて、春の健康診断で、栄養失調気味とか言われて。娘は心配して、一緒に暮らそうかなんて言ってくれたんだけど……出来心なんです。ふと、思いついた、というか、思い出した。わたしはこの古根子集落で生まれて、六歳までここにいたんですよ。でも父が甘夏畑のあった国道沿いに家を建てたんで、小学校入学に合わせてこの集落を出た。わたしは変わった子供で友達もできなかったから、小学校に入ってからは故郷にあまりいい想い出がない。でも断片的に六歳までの想い出が頭の中に残っていて、それはみんな素晴らしいものだったんです。降るような星空の中を流れる天の川。

指より長いバッタの胴体。ザル一杯獲れたザリガニ。畑でばあちゃんがもいでくれたトマトの丸かじり……それを思い出したら、帰りたくなった。六歳までの至福の時間に戻りたくなった。持ち家を売り払って退職金もらって、贅沢さえしなければ田舎に引っ込んで畑をいじって生きていかれる、そう思った。それで戻って来たんです。こんな限界集落ですからね、空いてる家と土地を少し借りることもできたし、住みたいと申し出たら歓迎して貰えました。なにしろこの集落では、わたしがいちばんの若手なんですからね」

河井は笑った。

河井の話に嘘はない、と愛美は思った。河井は、特に何か計画や企みがあって故郷に戻ったわけではないのだ。愛していた伴侶を失って生きる気力がなくなった時、幼い頃心に植え付けられた田舎の日々の素晴らしさを思い出した。虫や草木、鳥や魚、そして太陽と星。命に溢れ、地球の力が満ち満ちていたここでの暮らしに、自分の再生を賭けようと思った。ただそれだけだったのだ。

でも、それなら欣三さんは……そして、ＵＦＯは？

「噂は聞いてます」

河井は不意に言った。

「あなた方は、根古万知駅前商店街の再生を目論んでおられるとか」

「目論んで、というか」

慎一が慌てて言った。

「少しでも活気を取り戻して貰いたいな、という程度です。それと町全体も、もうちょっと元気になってほしい。せめてシバデンが廃止にならない程度には、と」

「若い人がそういう考え方をしてくれる、というのは、いいですね。若い人が動かなければ、死にかけた田舎はどうにもならない」

河井はまた笑った。

「しかし、死にかけた者には死にかけた田舎がいちばん住み心地いいもんなんですよ。この集落は、全員が六十歳以上です。もはや人口は増える見込みもなく、自然減を待つばかり。コンビニもレンタルビデオ屋も、ハンバーガー屋もないところで若い人たちが暮らすのは、もう無理です。あなた方はどっちから来ました？　南から？　あそこの道、細かったでしょう。あそこはすぐに崖崩れを起こすんです。そして道路が不通になってしまう。北の方に行けば別の林道から国道に出られるんですが、そっちをまわると根古万知駅まで車で三十分以上かかります。台風の季節には、倒木や石が道を塞ぐこともあって、ここで暮らしていたのでは通勤がまともにできないんです。かと言って、田んぼも畑も大きくない。本気で農業をやったところで食べていけるだけの出荷は難しいです。ここで暮らしていたのでは、生活費が稼(かせ)げないんですよ。それは致命的なことなんです」

河井は栗をつまみ、しばし眺(なが)めてから口にほうりこんだ。

「この集落は、もう生活費を稼ぐ必要すらなくなった、終わりを待つ者たちのための場所なんです。ここの人たちはもう二度と、この集落に人を呼び戻そうなんて言わないでしょうね。その必要はない、すでに何もかも遅いんだ、と納得しています。天の順番が守られるなら、わたしがこの集落の最後の一人になるでしょう。わたしがここを看取(みと)ることになる」

4

「それでは寂(さび)しくないですか」

慎一が言った。

「生まれた集落が消えてしまうなんて」

「わたしが生きている限りは消えないんです。だったら寂しいと思う理由はないでしょう」

河井は穏やかに言った。

「いや、行政がどう考えるかはわかりませんけれどね。しかし人が暮らしている限りは、まさか立ち退けとは言わないでしょう。まあ住所表記は変更になって、古根子、という集落名は消されてしまうかもしれませんが。いずれにしても、最後の一人になった朝に、それからのことは考えようと思っているんです。それまではここで暮らす。その朝が来て、独りぼっちでここで暮らすのは嫌だな、と思ったら、町に戻ってアパートでも借りて、あとは自分の番が来るまで本でも読んで暮らすかもしれない。寂しいかと問われたら、寂しいのかもしれないがよくわからない、と答えます。でもね、寂しいだろうから誰か連れて来てここに住んで貰おうと提案されたら、わたしはたぶん断ります。わたしはここに逃げて来たんだ……妻のいないこの世界は、わたしには複雑過ぎるんですよ。妻が生きていた頃、妻がどれだけわたしの人生をすっきりと整理していてくれたか、身に染みてわかりました。わたしときたら、情けないことに、回覧板がまわって来てもそれをどこにどうやって届けたらいいのか知らなかった。家計簿なんか見てもさっぱりわからない。隣近所の人の名前と顔が一致しない。盆暮れの挨拶だの中元歳暮だのも、誰に送ればいいのかわからない。それどころか、喪が明けて年賀状を出そうとしても、妻がいつもどこに印刷を頼んでいたのかも知らなかった。親戚の子供たちの名前も歳もわからない。米がなくなったらどこに頼めばいいのか、ファンヒーターの灯油はどこで買えるのか……正直、わたしは妻のことをどこか軽くみているところがありました。妻は短大を出て見合いでわたしと結婚するまで、働いたこともなかった。短大は家政科で栄養士の免許をもっているものの、昔風に言えば嫁入り道具の一つとして卒業したようなものでした。なのでまあ、世間知らず、だと思っていたんです。世の中のことなんか何もわかっていない。経済も政治も知らないし、そうした会話ができる相手じゃない。そう勝手に思いこんで、妻とはそうした会話は一切、したおぼえがありません。実に嫌味な人間なんですよ、本来のわたしは。だから娘もわたしを煙たがって早く独立してしまった。ところがいざ妻がいなくなってみて、世間を知らなかったのはわたしのほうだ、とわかりました。いくら経済の知識があったって、家計簿に妻が書きこんでいる内容が理解できないわたしは経済音痴なんです」

　河井は笑いながら、栗をひとつ口に入れてゆっくりと噛んだ。

「わたしは逃げた。独りぼっちで世間に慣れる努力をするのは、辛過ぎました。ここでの生活では、家計簿なんかつける必要がないですからね。何しろほとんど買い物をしない。車と発電機のガソリンは払ってますが、薪は、ご近所さんが山から不要な雑木を切り出す時に丸太でくれるんです。いくらかでも金を払わせてくれと言うんですが、それならあんたは若いんだからうちの分も割ってくれないか、と逆に頼まれてね。どうせ暇だし、毎日薪割りしてますよ。野菜は畑で採れる。山菜もきのこも採れる。川で釣りもできます。ここに引っ越して来てから、人間ってのはその気になれば、金のかからない生活ができるもんなんだなあ、と感心しました。そんな暮らしなんですよ、ここでの生活は。他の住人もだいたい同じようなもんだと思います。今さらもう、新しいことを始める気もないし、新しい人間と親しくなりたいとも思っていない」

河井は、じっと愛美を見て言った。

「国夫くんは、本気で町おこしをしたいと思っているんでしょうか」

「……商店街が今のままではだめだとは、思っています」

「あの商店街と……この集落とは、なんだか似ているように思うんですが」

「根古万知駅前商店街とこの集落が、ですか」

「そうは思いませんか？　あの商店街は、もう商店街としてはほとんど機能していない。しかしあそこで暮らしている人はいて、その人たちはそれなりに、穏やかで平和な生活をおくっている……違いますか？」

「それは……そうだと思いますけど……」

「死にかけている者が微笑(ほほえ)んでいたら、そのまま死なせてあげる、という選択肢もあるんじゃないかな」

河井は、小さな溜め息をひとつ吐いた。

「町おこしや再開発に反対とか賛成とかは、もう意見するつもりはないんです。というか、正直、興味がない。ただ、無理にイベントを開いて、平和に静かに余生を過ごそうと思っている人たちを巻きこむというのはどうなんだろう……わたしが国夫くんだったら、商店街の最後の一店舗になれればそれでいいや、そんなふうに考えるだろうな、と思ったものですから」

しばらく、会話が途絶えた。慎一は今の河井の言葉をどう考えているのだろう。愛美も何か言いたいと思ったが、言葉がうまくまとまらない。河井の言葉は正しいのかもしれない。自分たちがしようとしていることは、余計なおせっかいなのかも。

でも。

愛美は、やはり納得できなかった。

この集落は確かに美しいところだ。様々な人生で傷ついた人が逃げこんで、静かに余生をおくる場所としては、ここよりふさわしいところはないのかもしれない。

だが根古万知駅前商店街は、そうではない。今のあの商店街は決して「美しい場所」ではない。閉まったまま埃と落書きだらけになったシャッターの奥で、日も差しこまない小さな家の中で息をひそめて生きていることを望む人がいるのだとしても、毎日の生活の中でそんな暗い場所を目にしている町の人々の気持ちはどうなる？

根古万知の住人たちが町の再生を半ば諦めてしまっているのは、閉まったシャッターが並んださびれた商店街がその象徴のように映っているからではないだろうか。

「ま、しょせんわたしは部外者です。商店街を活性化させて町おこしをしよう、というあなた方のやる気を削いでしまうようなことを言える立場ではありません。申し訳ない、わたしも愚痴を口にする年齢になってしまった、ということですかね。娘はわたしのことをものすごく偏屈な人間だと思っているようですが、実際わたしは偏屈なのかもしれません。若い学生と過ごしていた頃には、そこそこ人気もあったと思うんだが、それも無理をしていたってことでしょう。それより、あなた方の疑問に答えましょう」

河井は、マグカップを床に置いた。

「ブログ、ってやつですか、娘がやってる。あのトップに置いてある画像、あれはつくりものです。知り合いのフォトグラファーが加工してくれたんですよ。元は銀色に塗ったフリスビーなんです」

河井は笑った。

「なんであんなものをネットにあげたのか。わたしは、人を捜していたんです」

「……人？」

「わたしが捜していた人物ならば、あの画像を見たら必ず連絡をくれると思ってました。なので娘にブログを明け渡してほっといたんです。わたしのメッセージはあの画像にすべてこめられていますからね、他には何も必要がない。でもただ画像一枚ネットにあげただけでは、見てくれる人が少ないでしょう。若い女の日記めいたブログなら読者も多少は増えるだろう、そう思ったんですよ」

「メッセージというのは」

慎一の問いに、河井は少し間をおいて答えた。

「わたしは子供の頃、あの画像にそっくりなものをこの目で見たんです。というか、わたしの記憶に合わせて画像をつくって貰ったわけです。その時わたしは一人ではなかった。一緒にあれを見た人がいたんです。でもそれが誰なのか、わたしにはわからなかった。わたしは学校で、ＵＦＯを見たと話しました。そして嘘つきと呼ばれ、姉のこともあってイジメの対象になってしまった。細かい理由は他にもあったと思います。今は理由なんかなくてもいじめられるらしいですが、まあ昔のことですからね、子供はそんなに陰湿じゃなかった。なかったと信じていたいですが。わたしは生意気な子供だったようです。なんでも知ったかぶりして、自慢して。まあ根拠はいちおうあったんですよ。わたしはとてもよく本を読む子供でした。大学の教員になったのも、一生本を読んでいたかったからです。勉強も好きでした。嫌な子供です」

　河井はまた笑った。

「昔の田舎ではね、子供は何より運動が良くできるのがいちばん褒められた。体力があって喧嘩が強くて足が速い子が人気で、そういう子がすることが正義でした。わたしは運動はからきしだめで、徒競走でもスタートしてすぐ転ぶような子供だった。子供社会でのヒエラルキーがとても低かったんですよ。なのに知ったかぶりばかりして、知識をひけらかして、同級生を馬鹿にするような態度をとっていた。それでも成績が良くて先生のおぼえがめでたかったから、あからさまにはいじめられなかったんです。でもＵＦＯを見たと吹聴したことで、わたしは嘘つきになりました」

「でも、嘘じゃなかったんですよね？　ほんとにＵＦＯを目撃されたんですよね」

「自分では嘘をついたつもりはもちろんありませんでしたよ。見たままを話したつもりでした。でもわたしがあの時に見たものが本当にＵＦＯだったのかどうか、それは確信なんかありません。ただ、あんなふうに見えた、というだけです。それは楕円形の光る円盤のような形で、空に並んで見えたんです」

「あの丘で、ですか」

「そうです。あそこで見たんです。戦時中に防空壕として使った時のまま、中に入れないように鉄条網が張ってありました。わたしは友達がいなかったので、誰もいない時を狙って一人であの丘に行き、上によじ登って景色を眺めるのが好きでした。あの画像では昼間のように明るくしてありますが、実際にはもう夕方で、どんよりとした曇り空で、薄暗かったような記憶があります。光の楕円形は突然現れました。それは三つか四つ行儀良く並んでいたんです。わたしは驚いて大声をあげ、呆然とそれを見ていた。で、人の気配に気づいて振り向くと、丘の端に人の頭が見えたんですよ。誰かが丘を登って来て、わたしと一緒に光る楕円形を目撃したんです。でもわたしが振り向くと同時に頭は消えました。わたしは走って追いかけました。誰でもいい、今自分が見たものが夢や幻ではない、と言って欲しかった。けれど、わたしが丘の端にたどり着いた時にはもう、人の姿は下に降りて遠ざかって行きました……駆けていく後ろ姿は今でもはっきり憶えていますよ。子供ではなかった。でも、大人でもなかった。わたしよりは年上の、青年でした」

「それが欣三さんだったんですね！」

慎一が身を乗り出すようにして言った。

「欣三さんも、ＵＦＯを目撃していた……でも、欣三さんはインターネットなんか見るんですか」

「お孫さんが見ていたそうですよ」

「……佐智子さん。そうか、佐智子さんもあの画像を見たんだ」

「ちらっと見て、あの丘で撮られた画像らしいと聞いて、すぐに判（わか）った、と言ってました」

「でもあなたの連絡先は載せてないですよね。メッセージを出さないとあなたとは連絡がとれない」

「知ってたんですよ。欣三さんは、あの時丘の上でＵＦＯを見た子供がわたしだということを知ってました。そしてわたしがここに戻って来たことも知っていたんです。ま、それがこういう田舎のいいところでもあり、鬱陶（うっとう）しいところでもありますね。この集落に月に二度、移動販売が来るんです」

「あ、国道沿いの大型スーパーがやってるっていう」

「地元対策の一部なんでしょうね、役場から頼まれて始めたようです。ここの他にも根古万知周辺には限界集落がいくつかありますから。ほとんどアリバイ作りみたいなちっちゃなワゴンで、品数も少ない。それでもここで暮らす年寄りの中には車の運転ができなくなった人もいますから、ありがたいものなんです。住人同士なんとか車を融通（ゆうずう）して、買い物ができない人たちの手伝いはしてるんですけどね、やっぱり自分で物を買う、というのは嬉しいものですよね。で、その移動販売を担当してる岡田くんって人が、欣三さんの従兄の孫なんだそうです。従兄の孫って何か言い回しありましたっけ？　田舎はみんなどこかで血が繋がってるもんなんですよね。岡田くんはわたしがここに引っ越して来た時、そのことを欣三さんに教えた。別に他意はなかったと思います、世間話のついでにでも話したんでしょう。でも欣三さんはすぐにわたしに連絡して来たりはしませんでした。その必要もないですもんね」

「それが、ＵＦＯの画像を見て連絡して来たんですね」

「岡田くんを通じて、電話が欲しいと言って来ました。電話番号は岡田くんが知ってましたから、わたしはすぐ電話したんです。それで、お孫さんや奥さんに知られたくないって言うんで、あの丘で待ち合わせしてここにお連れしました。……ここで欣三さんとわたしがどんな話をしたのかは、プライベートなことなんでお話しするつもりはありません。ただ、欣三さんもずーっと長い間、あのＵＦＯのことが気掛かりだったそうですよ。それと、欣三さんから猫の話も聞きました」

「欣三さんの命を救った猫のことですか」

「ええ。欣三さんは、炭坑で自分を助けた猫が、一日駅長をしたあの猫だと信じています。欣三さんの説によれば、あの猫はＵＦＯに乗っていた宇宙人の飼い猫なんだそうですよ。だから寿命が百年くらいあるんだとか」

　河井は笑った。

「ご家族はとっくに承知しておられるでしょうが、欣三さんは時折、幻覚のようなものを見ているみたいですね」

「……認知症だろうとお孫さんの佐智子さんは言ってます」

「検査はされたんですかね。認知症の判断は素人には難しいと思いますよ」

「病院で検査して、認知症の初期と診断されているようです。でも正直なところ、ご家族にも欣三さんの認知症には、判断がつきかねているところもあるみたいです。認知症のふりをしているけれど正常なんじゃないかと思うことも多いようで」

「初期の段階では、正常な状態とそうでない状態とが交互に表れるらしいですよ。わたしもそろそろ、自分のことを心配しないとならない歳になって来てるんで、定期的に検査は受けるつもりですが。こんな田舎で呑気に一人暮らしする以上、自分のことは自分でやれるだけの健康を維持することがいちばん重要ですから」

　河井はマグカップを手に立ち上がった。

「これであなた方の疑問にはいちおうお答えしました。あの画像がネットで話題になっていることは、娘から聞きました。でもあの丘で待っていても、もう二度とＵＦＯを見ることはできないと思います。欣三さんはあれから何度も丘に登って、ＵＦＯが見えないかと待っていたそうですよ」

「河井さん、もしかしてあなたは、その時に見たＵＦＯの正体をご存じなんじゃないですか」

慎一の言葉に、河井は曖昧に笑った。

「いちおう持論は持っています。でも再現することは難しいかもしれません。あれは、偶然から起こった現象だったんです。持論が正しければ再現することも可能なはずですが、条件が揃わないとね。あなた方は町おこしにＵＦＯも利用するつもりですか」

「……それは、まだ考えていません。でもあの画像のおかげで実際に観光客が来た、という事実は無視できないと思っています」

「ま、町おこしに積極的に協力するつもりはありませんが、あなた方の情熱に水をさすこともしたくありませんので、あの画像はあのままにしておきますよ。ですが、島崎さん」

河井は愛美の方を見た。

「国夫くんには伝えていただけますか。昔のことについては、触れるつもりもないし触れたくもない。お互い、そっとしておけばいいと思っています、と。わたしは偽善者にはなりたくないんです。わたしはおそらく、死ぬまで自分が体験したあの頃の辛さを忘れることはないでしょうし、なかったことにもできない。はっきり言えば、国夫くんたちには会いたくもない。でもわたしのほうからここに戻って来たわけですから、また同じ根古万知の住民として、必要があれば協力します。頑なと思われるかもしれないが、この歳になって今さら、受け入れたくもない謝罪を受け入れたり、ゆるしたくもない人間をゆるす気にはなれないんです。そういうことをわたしに強要しないでいただきたい」

5

愛美が話し終えた時、国夫はすっかり意気消沈してうなだれていた。

「この歳になって、こんな気持ちを体験するとはなあ」

国夫は湯気のたつラーメンを愛美の前に置いた。

「チャーシュー、もっと入れるか」

「ううん、これでいい」

愛美は割り箸を割った。

「いただきます」

父のラーメンはいつもの味だった。特別に美味しくはないけれど、どこか懐かしい味。

でも、お父さん、やっぱり歳をとったな。

国夫の、真っ白になった髪を見て思う。目もくぼんだし、頰も垂れた。何より、からだがひとまわり小さくなった気がする。

父も、もうじき還暦だ。

「……でも愛美、俺は年下やったし、他の子らと一緒の時でもぜったいに暴力はふるってない。それだけは信じてくれ。物をとりあげたりしたこともない」

「わかった。信じる。でもお父さん、河井さんの口調は厳しかったよ」

「そうか」

国夫は頭をかいた。

「ただ恥じ入るしかないな。ニュースなんかで、イジメが原因で子供が自殺したなんて聞くと腹が立つくせに、自分もやってたんだから」

「わたしもちょっと、ショックだった。河井さん、謝りに来てもほしくない、っていう言い方だった。いじめの問題って、何年経っても、ただ謝ればいい、じゃ済まないことなのね……被害を受けた人にとっては、思い出したくないこと。謝られること自体が苦痛だし、それでゆるせと強要されてゆるせるものでもない……」

「どうしたらええんやろなあ。結局何もしないで、このままにしとくしかないんかな」

「少なくとも、河井さんのほうからお父さんたちに会ってもいいって思ってくれない限りは、何もできないかも。ねえお父さん、古根子集落に栗の他に特産品ってある？」

「栗以外の特産品？　うーん、昔っからあそこの松茸は、N市でいい値段で取引されてたと思う。それほど数は採れないんで全国的には知られてないけどな。たけのこは季節になると関西の業者も買い付けに来る。栗は今でも農協に出荷されとるが、秋になると山採りのきのこも農協の売店に並ぶな。愛美、まさかあそこの農産物を今度の紙芝居コンテストの屋台で、とか考えてるんか」

「だめかな。せっかくだから、古根子集落にも参加して貰えたらって。あそこもお米や野菜は農協に卸してるんでしょう？　でも集落の中の畑は自家消費用みたいだったから」

「自家消費用の農産物をおおっぴらに販売したら、農協が黙ってない。それは無理や。それに、そんなことしても雄三は」

「河井さんのことは、ひとまずおいとくわ。でもどうしても、古根子集落には参加して貰いたいんです」

「なんでそんなにこだわる？」

「だって」

愛美は思わず笑った。

「名前が。根古万知はねこまち、猫の町。そこに、こねこ、よ、仔猫！　仔猫の村が猫の町のお祭りに参加してます、なんて、想像しただけでも楽しい。話題性、あると思うの、名前だけでも」

「こんばんは」

引き戸が開いて客が入って来た。信平と、そして驚いたことに音無佐和子（おとなしさわこ）が一緒だった。

「あら、えっと、愛美さん！」

「はい。あの」

愛美はスツールから降りていた。

「えっと、父です」

愛美がカウンターの中の国夫を手で示したので、佐和子は驚いた顔になった。

「あら、そうなの。こちらがお父様。音無と申します」

国夫は目を丸くして佐和子を見つめていた。

「あ、いや……し、島崎です。あの、えっと」

「女優の音無佐和子さんよ」

　愛美が言うと国夫は首をこくこくと振った。

「し、知ってる。み、見たことある、テレビで」

「ありがとうございます。あまりテレビのお仕事は来ないんですけど」

「ドラマ、出てましたよね、えっと、先週もやってた」

「二時間サスペンス、かしら。ええ、弁護士の役でちょっと出させていただいたと思います。でもあれ、二年くらい前に撮ったものなんですよ」

「そうなんですか」

「二時間ドラマはたまに、撮ったあと放映日がなかなか決まらずに何年も経ってしまうことがあるんです。結局放映されないことも」

「も、もったいないですね」

「そうですね、わたしたちもせっかく演じたものは、皆さんに観ていただきたいんですけれど」

「お父さん、そんなことといいから、お水出して」

「あ、いかん。すみませんどうも」

　国夫は慌てて、カウンターの上の水差しからコップに水を注いで出した。

「島崎さん、俺、チャーシュー麵」

信平が言った。

「この店ね、特に美味しいわけじゃないけど、懐かしい味の醬油ラーメンだから」

「信平、美味しいわけじゃない、は余計や」

国夫が笑った。

「しかしまあ、その通りなんですけどね。たいして美味しいわけやないです。お口に合わないと思います。それでも良かったら召し上がってってください」

「わたし、醬油ラーメン大好きよ、信平くん」

「そう？　なら良かった。でも行列のできるラーメン屋と比較したらだめだよ。ここのラーメンは、並ばなくてもすぐ食える、のが最大の売りなんだから」

「おい信平」

「島崎さん、作りながら聞いて貰えますか。ちょっといい話があるんですよ」

「いい話？」

「愛美ちゃん、この前の話だけど、佐和子さんね、映画を撮ることに、決まったんだって。つまり女優じゃなくて監督をするんだ」

「女優もやりますよ。経費節約のために」

佐和子が朗（ほが）らかに言う。

「先日、古い写真館のことを聞いたでしょう。わたし、前々から温めていた物語があるんです。古い写真館に飾られた写真をめぐるオムニバスで、初めは一人芝居でやろうと思っていたんですけど、その一人芝居の脚本から映画の脚本を起こして、映画を撮りたいと。今度の紙芝居コンテストの時に一人芝居の初上演をさせていただいて、それを撮影して映画の一場面として使いたいんです」

「すごく素敵！　でも、写真館のほうは」

「木下（きのした）さんとこに行って来たんだ、今」

信平が言った。

「木下さん、商店街の写真館は閉めちゃって、物置としてしか使ってないんだけどね、Ｎ市に娘さん夫婦と一緒に住んでるんだ。それでＮ市まで行って来た」

「快（こころよ）く承諾してくださったの」

佐和子が嬉しそうに言った。

「もちろん掃除して、今建物の中に置いてある物はレンタル倉庫を借りてそこに一時的に保管するんだけど、その費用さえ出してくれるなら好きに使ってくれていいって。鍵（かぎ）まで預（あず）けてくださったの」

「で、腹ごしらえしたら下見に行くんだけど、愛美ちゃんも来る？」

「はい、行きます。懐かしいです……わたしも三歳と七歳の時、七五三の写真、あそこで撮った記憶があるんです。お父さん、そうよね？」

「ああ、根古万知には写真館はあそこだけだったからなあ。でも愛美の二十歳の記念写真は、N市のスタジオで撮ったんだよな」

「その時にはもう、木下さんとこは閉めちゃってたから」

「でも良かった。木下さんに断られたらどうしようって心配だったの。だってこの商店街でも、シャッターに絵を描くのもだめ、って人がいるって信平くんが言うから。でもシャッターに絵を描くのが嫌って、どうしてなのかしら。どっちみち使ってないシャッターなのに」

「そのあたりの心理は、けっこう微妙なのかも知れないね。店を閉めて引退して、年金で静かに暮らしていることに満足しているのに、みすぼらしいからシャッターに絵でも描きましょう、なんて言われたら、ムッとするのもわかる気がする」

「要は、他人の評価を押し付けられたくはない、ってことね」

国夫がラーメン丼（どんぶり）を二人の前に置いた。佐和子は、ぱちん、と箸（はし）を割った。

「この商店街を寂（さび）れていると表現するか、それとも、お疲れさま、と表現するか。確かに微妙な問題よね。でもこうして現実に開いているお店がある以上は、お客さんに戻って来てほしい、と思うのも間違ってないでしょう。……あ、この味、好きです！　ほんと懐かしい……チャーシューを煮た汁を煮詰めたタレを、鶏ガラと昆布の出汁で割ったスープ……？」

「すごい、よくわかりましたね」

国夫が嬉しそうに言った。

「そうなんです。うちはね、鶏ガラと昆布なんですよ。死んだ女房、この子の母親がね、好きだった味で」

「ある意味この味も、レジェンドですよ」

信平が言った。

「何よりいいのは、この味が嫌いだ、という人は少ないんじゃないかってことです。今度の紙芝居コンテストとシャッター展覧会、屋台出すんでしょ」

「うちのラーメンを？」

「お腹にたまるものが何かないと、昼飯を食わないで来てくれた観光客が気の毒ですよ」

「いやでも、俺ひとりじゃ無理だよ」

「もちろんボランティアを集めます」

「他に食い物は何を出す？」

「島崎さんみたいなプロは、俺以外他にいないですからね、あとは婦人会に稲荷寿司をお願いしたらどうかな、と。ほら、いつも秋祭りの時に婦人会が販売してるやつです。俺はねこまち甘夏（あまなつ）を使ったパウンドケーキをピース売りします。それとコーヒー」

「信平くん、ね、木下写真館でのお芝居も、始まる前にケーキとコーヒー、出せないかな」

「手伝ってくれる人がいれば出せると思うけど。でも芝居はチケット代、とらないんだろう？　ケーキ代はどうするの」

「わたしがもつ」

「それはだめだよ。映画の製作費だってかなりかかるんだろ？」

「いいの。写真館をお借りするお礼、木下さんが受け取ってくださらなかったんだもの、その分を町の人に還元します」

「ケーキとコーヒー付きとなったら、入り切れないくらい人気になりそうだね」

「信平、失礼なこと言うな。音無さんの芝居やったら、そんなんせんでも満員や」

「そうだといいんですけど」

佐和子はあっという間にラーメンを平らげていた。

「お芝居って、やっぱり難しいんですよね、お客さんを呼ぶの。わたしくらいの役者じゃ、一人芝居で客席をいっぱいにするのはほんと難しいです。木下写真館はあまり大きくないので、ぜひ満席にしたいわ」

「何席くらい作れるか、下見で広さを測ったほうがいいね。俺の店に寄ってメジャー持って行こう」

「音無さんのおかげで、ただの田舎のイベントじゃなくなっちゃう感じですね。ＣＭとのタイアップもうまくいけば、きっとマスコミも取り上げてくれます。ノンちゃんの一日駅長の時もけっこうネットでは話題にして貰えましたから」

「ほんとに助かったよ、佐和子さん」

「ううん、わたしのほうこそ、木下写真館やこの商店街と出逢って、長年の夢だった映画製作がどんどん具体的になって来たんだもの、すごく感謝してます。でね、感謝ついでにもう一つ、お願いがあるんだけど」

「なんでも言って。俺たちにできることならなんでもする」

「ありがとう。映画のロケ地を探してるんだけど、なかなかいいところがないの。この根古万知の近くでイメージに合うところ、ないかしら」

「どんなイメージ？」

「寂しい山の中の村。時々霧が降りて来て村全体を覆(おお)うの。お年寄りしかいなくて、でも四季折々にいろんな草花が咲いて……時が停まっているみたいな場所」

「このあたりの田園風景なら、どこでも切り取り方でそんなふうなイメージになると思うけど……」

「切り取りたくないの。ＣＧ処理するお金もないし、切り取らなくてもそんな、静かでひとけのない風景になるようなところがいいの」

愛美は思わず、箸を落とした。そして拾うのも忘れて言った。

「あります。あるわ、イメージぴったりのところ！」

「本当？」

「はい、本当です。車でここからだと三十分はかかるんですけど。古い集落で、名前が……古根子」

「こねこ⁉」

佐和子が驚いて言った。

「それ、まじめに言ってる？　そんな名前の村があるなんて」

それから笑い出した。

「そこ、行きたいわ。車で三十分、わかった、木下写真館は夕方になっても大丈夫だから、まずはその、こねこちゃんの村に行きましょう！」

八章　こねこのロンド

1

国道で渋滞にかかったので、古根子集落に着くのに商店街から二時間近くかかってしまった。

それでもまだ夕暮れには少し早く、陽射しは明るく照りつけている。

車から降りた佐和子は、大きくひとつ背伸びをした。

「本当に素敵なところね。隠れ里みたい」

「実際、隠れ里だったんじゃないかな」

信平が言った。

「このあたりも山の中には平家の落人部落がいくつもあった、って祖父ちゃんから聞いたことがある」

「そう聞くと、なおさらロマンチックに見えるわね……」

「早朝ならおそらく、霧に沈んでいるんじゃないかな。山からも霧が降りて来るだろうし、さっき渡った橋の下は根古万知川だから。佐和子さんの欲しいイメージに近そう？」

「近いどころか……わたしの頭の中にあった光景よりずっと素敵」

「実際にロケに使うことになったら、住んでいる人たちには了解を得ないとね。行政的にはここも根古万知町だから、町役場に申請すれば大丈夫だと思うけど」

「資金がないから、そんなに大げさなロケ隊を連れて来られるわけじゃないのよ。わたしの他には助監督さんとタイムキーパーさん、カメラが二人、音声さん、そのくらいかな。メイクとかスタイリストとかも、友達に頼んで手伝って貰（もら）えると思うけど」

「全部佐和子さんの持ち出し？　それじゃ大変だろう」

「仲良しのプロデューサーが製作委員会作ってスポンサー探してくれてるけど、難航してるみたい。でもいいの、貯金全部はたく覚悟はできてる」

佐和子は明るく笑った。

「でもわたし、信平くんに呼ばれて根古万知に来て、ほんとに良かったと思ってるの。あの商店街をこの目で見て、自分が撮りたい映画がはっきりとイメージできたのよ。そして今、この集落に出逢(であ)った。何もかも、映画の神様がわたしにプレゼントしてくれたみたいに素敵だわ」

「きっといい映画になるよ」

「ええ」

佐和子は深呼吸した。

「わたしもそう信じてる。歩いてみましょう」

佐和子はさっさと石ころだらけの道を歩き始めた。

河井の暮らしている家がすぐに見えて来た。家の裏に小さな畑があり、様々な野菜が育てられている。

佐和子はカメラを取りだしてあたりを撮り始めた。

「何かご用ですか」

背後から声がして愛美が振り返ると、河井が釣り道具をかついで立っていた。

「君たち……まだ何か用ですか」

「何度もすみません」

愛美は頭を下げた。

「ですが、今度は別のお願いがあって来ました」

「お願い？」

河井は困惑した表情で愛美と信平を見てから、夢中で写真を撮っている佐和子の背中に視線をやった。

「あの、あちらは」

「どこかで見たことある人だな」

「女優さんです」

「女優？」

「音無佐和子さんです」

「音無佐和子……そうか、映画で見たことがある。どうして女優さんがこんなところに？」

「音無さんは、映画を撮りたいんだそうです」

「撮るって、監督をするということ？」

「だと思います。それでイメージに合うロケ地を探していらっしゃって、ここのことを話したらぜひ見てみたいとおっしゃったのでおつれしました」

「この集落で映画のロケをしたい、ってこと？」

「一目で気に入られたようですよ」

河井は腕組みした。

「こんな何もないところが気に入ったのか。芸能人の考えてることはさっぱりわからんな」

河井はそう言いながらも、佐和子の邪魔をする気はなさそうだった。佐和子が畑の野菜や畔道(あぜ)の草花、通りかかった猫などを何枚も写真に撮っている間、じっと動かずにそれを見ていた。

やがて佐和子のほうが気づいて、驚いた顔でこちらに走って来た。

「す、すみません！ すっかり夢中になってしまって……あの、こちらの畑の……？」

「わたしのことは、島崎さんたちに聞いてください。とりあえず、あなたたちはここではひどく目立つ。中に入って何か飲みませんか」

「でもご迷惑では」

「外で騒がれるほうがよほど迷惑ですよ」

河井は笑った。

「わたしも魚の始末をつけてしまいたい。血抜きはして来たが、早く処理してしまいたいんです。島崎さん」

「はい」

「魚を触ったので手が生臭い。申し訳ないが、代わりに茶をいれて貰えますか」

「はい、喜んでお手伝いさせていただきます」

愛美は、河井が自分に少し打ち解けてくれたことがとても嬉しかった。


一日に二度も同じ家に入る、というのは、少し奇妙な感じがした。けれどそのおかげで、戸惑わずに茶の仕度ができた。小さな台所ながらよく工夫されていて、窓辺に取り付けられた手製の棚の上には、センスのいいキャニスターがきちんと並んでいる。ハーブティーは四種類もあって、それぞれ配合されているハーブの名前がラベルに書かれていた。

愛美が迷っているのを察して、河井が、どれでもいい、あなたの好みで、と言ってくれた。愛美はミントの入った配合を選んでキャニスターを手に取った。

「このハーブも河井さんのお手製なんですか」

「お手製、というほどたいそうなもんじゃない。庭に生えてるのを乾燥させて揉んだだけだよ。娘が送ってくれた種を適当に播いてるんだ。そこにはちみつがあるから、甘くしたい人にはいれて貰ったらいい」

愛美がハーブティーをいれている間、河井は外に出ていた。魚の始末を井戸でしているようだった。

「わあ、いい香り」

佐和子はハーブティーを美味しそうに飲んだ。

「いいわねえ、庭のハーブでハーブティー。わたしもベランダでハーブを育ててみたことあるんだけど、忙しいとつい手入れを怠っちゃって、枯らしちゃうのよね。可哀そうだから、もう植物はやめたわ。わたしには緑の手がなさそう」

「緑の手？　なにそれ」

「信平くん知らない？　植物を育てるのが上手な人は、緑の手を持っている、って言われるのよ。河井さんって、あなた方の話に聞いていたより優しそうな人ね」

「いい方なんだと思います。ただ、人づき合いが苦手なだけで」

「ここで暮らしていたら、わずらわしい人間関係とは無縁でいられるものね……外で何をなさっているの？」

「井戸で、釣ったお魚の下処理をしていらっしゃるみたいです」

「川の魚はすぐ処理しないと傷むのが早いからな」

「このあたりでは何が釣れるの？」

「山女魚とか岩魚じゃないかな。あと、鮎。まだ禁漁期間になってないから」

「いいわねえ。畑で育てた野菜やハーブ、釣って来たお魚。スーパーマーケットに行かなくてもお夕飯を作れる生活」

「それでもスーパーには行ってると思うよ。この集落にはもう、日用品を手に入れられる店がないから。移動スーパーは巡回してるらしいけど、品数は少ないだろうしね」

ハーブティーを飲み終えた頃に河井がやっと顔を見せた。

「島崎さん、冷蔵庫にケーキがある。悪いが切って出してくれないですか。この手の生臭さがうつったらまずくて食えなくなるから」

「はい」

自家発電で動かしている小さな冷蔵庫の中には、少し欠けた丸いケーキが入っていた。

「チーズケーキですね！　河井さんがお作りになったんですか」

「わたしはケーキの作り方など知らないよ。娘が焼いて送ってくれたもんです。丸ごと送られても食べ切れなくて困ってたんで、ちょうどいい」

「魚は何を釣られたんですか」

信平の問いに、腰をおろした河井が笑顔で答えた。

「今日は鮎だけ狙った。せっかく入川権（にゅうせんけん）を買ってるんだから、釣らないと損（そん）だしね。今夜塩焼きにして、残りは焼き干しするかな。あなたたち、暇（ひま）だったら夕飯食べて行きますか。鮎はたくさんある」

「嬉しいんですが、今日はまだまわるところがあるんです。商店街に戻って写真館の」

「いただきます！」

佐和子が信平の言葉を遮って叫んだ。

「ぜひ！　ご迷惑でなければ」

河井は驚いた顔で佐和子と信平の顔を見比べていた。愛美は信平にうなずいた。信平が言った。

「本当にご迷惑でないなら、ぜひ」

信平も苦笑いしてうなずいた。

「迷惑なんてことはないですよ。どうせ一人分作るも四人分作るも、手順は一緒だ。ただ、こんな田舎暮らしだからね、ご馳走は作れないですよ」

「お手伝いします。あ、このケーキ、美味しい！」

佐和子は無邪気に笑う。さすがに女優だけあって、笑顔はとびきりに美しく見える。

「この集落で撮影したい映画とは、どのようなものなんですか」

河井は、二切れ目のチーズケーキを美味しそうに食べている佐和子に、少しあらたまった口調で訊いた。

「ここは確かに何もない田舎の村ですが、それでもまだ何人か、人は住んでます。ここに住んでいる者たちの心を傷つけるようなものは、やはり困るのです。実は以前にもこの村で、映画の撮影をしたいという話が来たことがありました。ですがその映画は廃村に巣くう悪霊（あくりょう）の話で」

河井は苦笑いした。

「いや、わたし個人はホラー映画もけっこう好きですし、フィクションの舞台にされたからといって、何もこの村が廃村だとかバケモノが出る村だとかいうことにはならないのは理解しています。が、ここで暮らす年寄りにとっては、おまえたちが住んでいるところは廃村同然なんだぞ、と言われているようで気分が良くなかったようなんです。で、撮影はお断りした、という経緯もあったようです。わたしがここに来る前の話なんですが」

「おっしゃることはよくわかります」

「話に聞いただけなんで詳しいことは知らないんですが、どうもその時は、相手にその、デリカシーが足りなかったようなんです。実際に人が暮らしている家を廃屋の設定で使わせてくれだとか、畑の野菜は買い上げるので、全部引っこ抜いてくれだとかいろいろ言われたようでして。あげくは、映画がヒットすればこの村に観光客が来る、というようなことを、恩着せがましく言われたのだとか」

河井は笑った。

「観光客なんかいくら来たって、コンビニも喫茶店もないんですからね、集落にとって何の役にも立ちません。そういうことがわかっていない人たちだったようです。しかも映画では廃村、廃屋として描かれるわけですから、やって来る観光客も当然それを期待しますよね。なんで人が住んでるんだ、邪魔だ、と言われてしまうでしょう」

「耳が痛いお話です。我々都会で暮らしている者はつい、都会のルールや常識と違うものに対して上からものを言ってしまうところがあります。その人たちも悪気はなかったと思うんです。でも、この集落を映画で宣伝してやるんだ、宣伝してやれば人が来るから儲かるだろう、くらいの浅い考えしか持っていなかったのでしょうね」

「我々は別に、都会の人間が嫌いだ、というわけではないんですよ。実際わたしの娘も地方都市とはいえ、比較的人の多いところで暮らしています。この集落にいる年寄りも、身内が東京や大阪にいる、という人が多いんです。ただここで暮らして満足している我々にとっては、今さら都会の人たちの手助けで生活を変える気はないし、その必要もない、そういうことなんです。確かにこの集落にはもう、未来はない。今から子供をつくって育てられる年齢の人間は一人もいません。限界集落そのものです。だが、ここで暮らしている我々はそれなりに幸せなんです。どのみち我々は都会で暮らしたところで、近いうちに施設に入ることになる。この集落はいわば、壁のない大きな老人施設のようなものなんですよ。未来はいらない。ただ日々が穏やかで静かであればそれでいいんです。宣伝して貰う必要はないし、世間に知られる必要もないんです」

河井は、愛美と信平のほうに視線を向けた。

「むしろね、忘れていて貰いたい。そっとしておいて欲しい。それが本音なんだ」


「わたしの映画の中では」

佐和子は微笑んで言った。

「ここで撮る場面は、過去、になると思います」

「過去」

「ええ。映画は、店がほとんどなくなったさびれた商店街にある、写真館で始まります」

佐和子はうっとりとした表情で話し始めた。

「写真館を一人で守っていたお年寄りが亡くなり、東京で暮らしていた息子さんが遺品整理にやって来ます。写真館に飾られていた写真はほとんどが町の人たちのもので、息子さん、つまり映画の主人公は、故郷の同級生たちの助けで、それらの写真を一枚ずつ写っている人たちに返しました。けれど四枚だけ、見覚えのない場所と人が写っているものが残りました。物語は、それらの写真が写された時と場所を訪ね歩くかたちで進みます。そのうちの一枚は、霧の中に立つ少女のものでした。山からおりて来た霧が村を包みこもうとしている時刻に、畑の脇に立っている少女の写真。写っていたわずかな手がかりからその村を探しあてた主人公がやって来た村が、ここなんです。ここで主人公は不思議な体験をします。白昼夢の中に現れた少女との会話、少女との散歩。映画の中のこの集落は、数十年前の姿です。まだここに子供たちの声が響いていた頃の」

「根古万知の商店街にも、確か写真屋があったな」

河井は思い出そうとするように目を細めた。

「うっすらと、家族写真を撮ったのを憶(おぼ)えている」

「家族写真ですか」

「たぶん……何の時だったんだろう。七五三だとしたら五歳か七歳、でももっとあとだったような……小学校を卒業する前に大阪へ移ったから、その前だったのは間違いないんだが」

「そのお写真、残っていないのですか」

河井は首を横に振った。

「根古万知を出てから引っ越しが多かったんですよ。最初はアパート、それから賃貸マンション、そして親が豊中に一戸建てを買って。写真は親が管理していたんだが、その親ももうだいぶ前に二人とも亡くなったし……どこかにあるのかも知れないが、わたしは写真ってもんがあんまり好きじゃなくて、こだわりも持ってないんです。娘の写真すら、妻が整理していたアルバムをいちおうとってあるが、見返すことなんかほとんどない。しかし今のあなたの話を聞いて、なるほど写真というのは面白いものだな、と思いました。過去の一部を未来に運ぶことができる。二次元のタイムマシンなんだな」

「特に、昔のフィルムカメラはそうですね。今のデジタルだとデータの修正が簡単ですから、それを撮った過去をそのまま未来に持って行くことがかえって難しい。どこで修正されたのか、わからなくなってしまいます。でもフィルムカメラなら、現像されたフィルム自体を修正することは難しいですから」

「あなたの映画では、この集落は過去に戻る」

「はい。でもわたしはここの過去の本当の姿を知りません。それでいいと思っています。わたしが映画の中に描くのはあくまで、架空の村の過去の姿ですから」

「そんなにここが、気に入りましたか」

「はい」

　佐和子は大きくうなずいた。

「お力をお貸しください。ここで撮影ができるように、皆さんからの了解を得たいんです」

「わたしには何の力もないですよ。ここで育ったのは六歳までで、それから何十年もここを離れていた」

河井は言った。

「まあそれでも、この集落でいちばん若いのがわたしなんだ」

笑ってハーブティーを飲み干した。

「娘が三十にもなろうかというのに若いもへったくれもないもんだが、事実ですからね。ここで暮らしている人たちとは全員顔見知りです。ま、全部で三十数名しかいないけどね。映画のことは、次の寄り合いで話しておきましょう」

「ありがとうございます！　もしよろしければ、その寄り合いにわたしも参加させてください。直接ご説明いたします」

河井は壁にかけられたカレンダーを見て、日付と時刻を佐和子に教えた。

「しかし、島崎さんたちがやろうとしているなんとか文化祭には、映画は間に合わんでしょう」

「ええ。映画の物語を戯曲にして、一人芝居で上演させていただこうと思っています」

「お芝居ですか」

「はい。ぜひ観にいらしてください」

河井は愛美を見た。

「なるほど……出し物はかなりありそうですな」

「だんだん形になって来ています」

「しかし、あんたはまだ欲張ろうとしている」

河井は笑った。

「あんたたちの腹は読めている。この古根子集落も参加させようと考えているでしょう」

「はい」

愛美は、はっきりと言った。

「ぜひそうしていただきたいと思っています」

河井は立ち上がった。

「さて、そろそろ野菜を収穫しようかね。飯を作るのを手伝ってくれるんでしょう。玄関に長靴が三つばかりあるから、それを履いてついて来なさい」

2

河井の住居の裏手は小さな畑になっていて、いろいろな野菜が少しずつ育てられていた。

河井の指示で、大根を抜き、小松菜を刈る。どの野菜も瑞々(みずみず)しく、葉にはところどころ虫が食(は)んだ穴が開いているが、それでも色つや良く美しい。

「いろいろ作るのも面倒だし、季節じゃないが鍋(なべ)でもしようか」

河井は笑顔で言った。

「昨日、うちの庭の鶏(にわとり)を一羽潰(つぶ)したんですよ。そういうの、気持ち悪いですか」

河井は愛美の顔を見て言った。愛美は笑顔で首を振った。

「大丈夫です。わたしも田舎の育ちですから」

河井の手際はとても良かった。収穫した野菜を洗い、リズミカルに刻(きざ)んで鍋の具を用意する。そのあいだに囲炉裏(いろり)に火が入り、大きな鉄鍋に昆布が沈められた。

愛美も何か手伝うと申し出たが、河井に手助けは必要なかった。気がつくと鍋はぐつぐつ煮え、炉端には煮物や漬物の小皿が並んでいた。

「根古万知には地酒がないんです」

河井は、一升瓶からコップに冷や酒を注いで一同に配った。

「これはN市の造り酒屋で買って来るんです」

「根古万知でお酒を造らないのは何か理由があるんでしょうか」

愛美も少し酒に口をつけた。

「大昔に造り酒屋が一軒あったんですよ。ま、あそこで造ってた酒は、美味い、とまではいかなかったんじゃないかな。それでも親父は好きでね、いつも買ってましたよ」

「もうないんですね、その酒屋さん」

「国夫くんは酒、飲まないんでしたっけ」

「いえ、少しはやります。でも日本酒はそんなに得意じゃなくて、だから自分で造り酒屋さんまで行って買う、ということはないんです」

「商店街にも酒屋がありましたね」

「ええ、昔は」

「たぶんそこでも買えたはずですよ。国夫くんも飲んだことあったんじゃないかな。ちょっとひなたくさいというか、まあ素朴な田舎の酒でした」

鍋はとても美味しかった。鶏と野菜の出汁が濃く、滋養あふれる味だ。河井はぽん酢も出してくれたが、何もつけなくても出汁の味で美味しく食べられる。だがぽん酢も独特の風味でとても香りがいい。

「甘夏で作ったんです。裏の畑の脇に一本、木があったでしょ。毎年冬に、どっさり実がなるんだが、酸味が強過ぎてそのまま食べるといまいち美味くない。搾って酢の物に使ってみたら、けっこうイケたんでぽん酢にもしてみました」

「これは美味しいですよ」

佐和子はお世辞ではなく感動しているようだった。

「香りが甘いけれど、味はすっきりしてて」

「甘夏だけだとさすがに甘味が気になるんで、かぼすと合わせてます」

「河井さんはアイデアマンなんですね」

「暇なんですよ」

河井は笑った。

「暇だから、酸っぱくて食えない甘夏をなんとか食えないかといじくりまわす」

「そのアイデア力だか暇だかを利用して、何か考えていただけないかしら」

佐和子は箸をリズムでも取るように軽く振った。

「この集落はとても素敵なところだわ。でも映画に撮るなら、ここを象徴するようなもの、アイテムがひとつあるといいな、と思ったんです」

「アイテム？」

「ええ。例えばお祭りの時に使うかぶりものとか」

「もうこの集落は、祭りができるほど人がいないんですよ。祭りは隣りの集落の祭りと一緒にやってます。隣り、って言っても、車で三十分ほど離れてるんですが。ただそこは根古万知町じゃないんです。祭りの時だけ一緒にやらせて貰うだけで、普段はあまり行き来もない」

「なんでもいいんです、小さなものでも。こけしだとか、ほらあの、おきあがりこぼし、みたいなものとか、地方に行くと面白い民芸品がありますよね」

「ここにはそんな、変わった民芸品は」

「映画は架空の村という設定なんです。ですから、実際にここで使われているものでなくてもいいわけです。でもできれば、この集落ならではの何かが使われていれば」

「イメージはありますか」

「そうですね……やっぱり、生き物のかたちをしているといいかな、と思います。映画のテーマは、いのちの一瞬の輝き、なんです。過去に撮られた写真をたどって見つけたものは、そこに写っている人々が、生きていたという事実、そういう物語にしたいんです」

「生き物、ね」

河井はなぜかニヤッとした。

「これも生き物なんですが。ダジャレみたいで恥ずかしいんですがね」

河井は立ち上がり、水屋の小引き出しから何かを取り出して佐和子に渡した。

「これ！」

佐和子は掌に載せたものを愛美たちの方に向けた。

「可愛い！」

「それ、仔猫ですね」

愛美の掌に、小さな猫のかたちのものが移された。

「……藁ですか」

「稲藁だよ。正月に注連縄作るついでに、余った藁で作ったんだ。集落がコネコだから、仔猫。発想がストレート過ぎて、自分でも恥ずかしくなった」

「でも本当に可愛いです。ヒゲまである」

「これ、飾り物ですか」

「吊るせるように作ってある。車の中とか、子供のランドセルなんかにぶらさげられるかな、と思ったんだけど、藁じゃなあ。今どきの子供はこんなもん、喜ばないですよね」

「でもこれ、作るの難しそうですね」

「いや、簡単ですよ。昔からこの集落では稲藁でいろんなもの作ってたから、わたしも子供の頃、祖父ちゃんにおそわったんで、わらじくらい編めます。わらじに比べたらこんなもん、簡単ですよ」

「いいんじゃないかしら、これ」

　佐和子は箸を置いて、藁の仔猫に夢中だった。

「いいわ、これ、とてもいいわ！　村に戻って来る前に、登場人物が都会で暮らしている場面を入れるつもりなんですけど、その一人暮らしの部屋にこれが飾ってある。すごく絵になるわ！」

「そんなもんでいいなら、別に使って貰って構わないですよ」

「それ、何個ぐらいありますか」

　信平がコップ酒を手に訊いた。

「去年何個か作ったんだけど……五、六個かな」

「あと何個か作ることはできますか」

「うーん、藁が残ってれば……まあ、近所に訊いてみたら残ってるだろうし、十個くらいなら作れるんじゃないかな」

「どうするの、信平くん。まさかねこまち文化祭で販売するとか」

「いいえ、イベントを行う店舗に飾ったらどうかな、と思ったんです。イベントのない店舗はできるだけシャッター展覧会に参加して貰って、写真館のようにイベントを行う店にはそれを飾る。可愛いし、この集落も根古万知町の一員として参加して貰っている感じが出て、いいんじゃないかな、って」

「それはいいが」

河井が言った。

「この集落のみんなが、そのあんたたちの催しに参加したいと思っているとは限らないですよ」

「でも参加したいと思う人もいますよね」

「そりゃ、いるかもしれないね」

「河井さんご自身はどうですか。やはり参加したくはありませんか」

河井はコップに酒を注ぎ足して言った。

「この藁の猫を提供するくらいのことは、しても構わないですよ。けど、何か手伝う気があるかと言われたら、あんまり乗り気にはなれないです。ここで映画を撮りたいというのなら、それは寄り合いでみんなを説得してもいい。だがねえ……商店街のイベントには」

「ごめんください」

玄関先の方から声が聞こえて、一同がそちらを向いた。

「河井くん、いらっしゃいますか。島崎です」

「お父さん？」

愛美は驚いて立ち上がった。

「お父さん、どうしたの。お店は？」

「夕方から客が一人も来なかったんで、臨時休業にして来た。河井くん……久しぶり」

土間に降りた河井は、どこか面白そうな顔つきで国夫を見ていた。

「島崎くん。いやほんとに久しぶりです。でも……顔、そんなに変わってないね。面影（おもかげ）ははっきりある」

「いや、さすがにもうヨボヨボですよ。突然来てしまって申し訳ない、あがってもええかい」

「もちろん」

「でもお父さん、いったいどうして？」

国夫はコップ酒と箸を受け取ったが、車だから、と酒は遠慮した。

「娘さんが運転して帰ればいいだろう。そのつもりで飲んでないみたいだし」

「しかし信平くんも飲んじゃってるみたいだから、車一台、もって帰れなくなる」

「だったら泊まっていけよ」

河井が笑った。愛美は意外な気持ちで河井を見つめた。

「いいじゃないか、泊まってけ」

「いや、しかし」

「飲んじゃってくださいな」

佐和子が笑った。

「島崎さんが泊まらなくても、わたしが泊まります」

「えっ」

河井が驚いて佐和子を見る。

「いやしかし、その」

「構わないでしょう？　お布団なんかいりませんから。床に雑魚寝なんて、劇団で芝居やってる者にはどうってことないんですよ。ここで横にならせていただければ」

「でも」

「夜明けが見たいんです」

佐和子は屈託なく言った。

「この集落の、夜明けを知りたいの。きっと素晴らしいと思うわ。車は一台残してくだされば、わたし、明日の朝運転して商店街までお届けするわ」

「島崎くん、頼む」

河井が真面目な顔で言った。

「こんなきれいな女優さんと二人きりでいたら、緊張で一睡もできそうにない。いや、心臓が止まっちまうかもしれん。あんたも泊まってってくれるなら、だいぶ助かる」

国夫は苦笑しながら承知した。

「わかった。泊まらせてもらいます」

あらためて受け取ったコップ酒を、ぐい、と飲んだ。

「お父さん、なんで」

「おまえたちの話を聞いてて、なんかなあ、河井くんにどうしても会いたくなったんや。いや、わかってる。昔のことを謝りに来たんやない。そんなことされても河井くんには迷惑やと思うし、謝るんなら、みんな連れて来ないといかん。昔の恥と向き合うのを避けてた連中、みんなで」

「島崎くん」

河井は鍋の具をよそった小鉢を国夫に手渡した。

「そういうのは、なしで頼む。正直、そういうのがあるから、ここに戻って来ても商店街のほうには行きにくかったんだ」

「うん……申し訳ない」

「だから、それもなしで。こんなこと言うのは大人げないとわかってるが、子供の時のことだからもう忘れろとか、昔のことなんだから寛大になれとか、そんなこと言われてもな、忘れられないこともあるし、寛大にはなれないこともある」

「……うん」

「ただ、これも正直な気持ちなんだが……実のとこ、あんたたちに対しては怒りだとか恨みだとか、そういうのはもうないんだ。信じられるかどうかわからんけど、本当に、ない。やっぱり時があんまり経ち過ぎて、何もかも、遠い遠い話になってるんだな、俺の心の中でも。それとな、俺自身、あれからの人生であんたたちと同じような立場に立つことがあって、そして結局、あんたたちと同じようにしか行動できなかった、そういう経験もした。どこであれ組織に勤めるってのは学校生活によく似たとこがある。何かのきっかけではかげたイジメや仲間はずれの対象になってしまうんだ。大人になったって、人間の幼稚さというのはなかなかぬけるもんじゃないんだな。そして大人になったからこそ、子供の頃よりも保身に対しては敏感になり、他人のために自分を犠牲にすることができなくなる。なんだかんだ言っても、俺も小さい男なんだ。気の毒だなと思いながらも、上のもんから嫌がらせやいじめを受けている同僚に何もできずに、見て見ぬふりをしていたこともあった。そうしないと自分の生活がおびやかされる、そう怖れてね。そんな経験をするたびに、あの頃の自分を思い出してね、すごく惨めな気持ちになった。だがそういうのも一瞬のことで、すぐに自分の惨めさを否定して、これは生きるために仕方ないことなんだ、と無理に自分を納得させようとする。あの頃、あんたたちもきっと同じ気持ちでいたんだろうな。そしてできるだけ早く忘れようとして、忘れてしまうんだ」

「……河井くん」

「それでもひとつ、憶えていたことはあるよ。あんたが一度だけ、俺をかばってくれた時のこと。UFO騒ぎでいよいよ仲間はずれにされ、毎日教室に入るたびに、嘘つき、と罵倒されていた俺に、あんたは一度だけ親切にしてくれた。あれは子供会の日だったか、あんたたち一年坊主が俺たちの教室にいたんだ。で、あんたは俺の机にマジックで書かれた、でっかい、うそつき、という四つの文字を見つけた。あんたはそれを一緒に消そうとしてくれた。木製の机で、雑巾でこすったってマジックの字は消えやしない。でもニスが剝げてそこが白っぽくなると字も目立たなくなる。二人して汗をかきながら雑巾でこすった、あのことは、今でもしっかり憶えてる」

国夫はうなだれていた。愛美は目をそらした。自分の父親が、子供の時に犯してしまったあやまちに打ちひしがれる姿を見るのは、やはり辛かった。

それでも愛美の心には、わずかに温かなものが広がっていた。

国夫もいじめる側にいた卑怯な子供だったけれど、それでもおそらく、胸を痛めていたのだ。なんとかして河井を助けたい、そう思っていたのだ。

「あの時の記憶があるから、俺は今、あんたに会えて良かった、と心から思っている。それだけでいいよ。もう、それだけで、いい」

河井はまたコップ酒をあおった。

「姉さんについて、いろいろ嫌な噂が流れてたことも、国夫くんたちに責任はない。あれは大人が流した噂で、大人が子供の前で平気で口にするから、それを耳にした子供も平気で口にしたんだ。大人が悪い。まあ今さらだが、姉さんは金持ちのめかけなんかじゃなかった」

河井は笑った。

「姉さんは結婚してたんだ……三十も歳が離れた、金持ちと。それが金目当てだったのか愛だったのか、そんなことは知らない。姉さんとは十七も歳が離れていて、俺が物心ついた時はもう嫁いでしまってたからね。でも、姉さんはたまに実家に戻ると元気で幸せそうだったし、姉さんの旦那は確か九十くらいまで長生きしたけど、最後まで仲良くつれ添っていたよ。だったらまあ、いい結婚だった、ってことだろう。ついでに言えば、子供の頃俺の金遣いが荒かったのは、姉さんとは関係ない。ただばあちゃんが甘くて小遣いをけっこうくれていたのと、俺自身が友達が欲しくて見栄はったからだ。大人たちがつまらんことを子供に吹きこむから、子供はそれをイジメのネタにする。俺が恨んでいるとしたら、国夫くんたちの耳に余計なことを入れたあの頃の大人たちだが、時がカタをつけてしまった今となっては、とっくに墓の下のもんを恨むのもむなしいよ」

河井は、少しだけ寂しそうな顔になった。

「けれど、ひとつだけどうしても、悔しいことがある。俺は本当に夜空に輝く白い光を見たんだ。俺は嘘なんかつかなかった。見たから見た、と言ったんだ」

「河井くん」

国夫が顔を上げた。河井は笑っていた。

「待て待て。俺も今では、あれがＵＦＯじゃなかったことは認める。けどあの時はＵＦＯだと思ったんだから、嘘をついたんじゃない、だろう？　で、そのことだけはあんたにも、商店街の同級生たちにも認めて貰いたいんだ。俺が、ＵＦＯと間違えるようなものを見たんだ、ってことだけは」

「それは何なんですか」

信平が前のめりになった。

「欣三さんもそれを見たんですよね！」

「うん。俺は……わたしはそれを、再現したいと思っているんです。難しいとは思うが、似たようなものなら再現できるかもしれない」

「再現？　つまりＵＦＯに見えたものは、何かの現象だったんですね」

河井はうなずいた。

「もしあんたたちのやる文化祭だかなんだかに間に合えば、再現したものを動画に撮って送るから、何かの方法でみんなにも見せてやってくれないかな。まあ間に合わなくても、撮れたら送るよ。国夫くん、あんたにもぜひ見て貰いたい」

「種明かしはまだしていただけない、ってことね？」

佐和子が少し酔った顔で、朗らかに笑った。

「興味あるわぁ。ＵＦＯみたいに見えるもの、っていったい、何なのかしら」

「種明かししてしまったら、なーんだ、というようなもんですよ。珍しくもなんともない。日本中どこに行っても、田舎ならたいてい見られるもんです。ただし、それがＵＦＯに見えるには、ちょっとした条件が揃わないとならないんですよ。これがなかなか難しいというか」

河井は笑った。

「実はここに戻って来た理由の一つがそれなんです。他のところでもあれが再現されないかと、条件が揃いそうな夜にはビデオ構えて一晩中粘ったりしてたんだけどね、一度も再現されなかった。でも調べてみると、似たようなものが見えた、見た、という報告はたくさんあるんですよ。それでもっと調べてみて、どうやらあの丘から見下ろしたあの場所が、地理的にいい条件だったとわかった。だがここに戻ってみたら、丘の周辺がすっかり変わっていて」

「以前は丘の周辺に畑が広がっていたそうですね」

「そうなんだ。広がっていたよ……畑がね。とにかく、あのあたりと地理的な条件が似ている場所が近くにないか、ずっと探してる。欣三さんにも手伝って貰っている。欣三さんのご家族が心配されているなら、そういうことだと説明しておいて貰えませんか。決して危険なことや、非合法なことを企んでいるわけじゃありません、と」

河井は笑って、信平のコップにも酒を注いだ。

3

「国夫さん、河井さんとどんな話をしたんだろうね、一晩」

「さあ」

「河井さんのことで、俺もいろいろ考えちゃったよ。俺自身、小学校や中学で誰もいじめなかった、誰も傷つけなかった、と胸張って言えるのかと問い詰められたら、自信ないもんな。いや、少なくとも後ろめたい記憶はないよ。別に自慢するつもりもないけど、子供の頃から正義感は強いほうだったし。ただなあ、傷つけられたほうはぜったいに忘れないのに、傷つけたほうは傷つけたという自覚すらない、っていうことがあるからなあ」

「父には、後ろめたい気持ちがあったんです。だから河井さんに会いに行った」

「勇気ある行動だよ。国夫さん、さすが愛美ちゃんのお父さんだけのことはある」

「そんな偉そうなもんじゃないと思いますけど、でも、父が河井さんに会いに行ってくれたこと、わたしもすごく嬉しかったんですよね。軽々しく言えることじゃないけれど、きっと、河井さんも嬉しく感じてくれたと思うんです。二人がどんなことを話してどんなお酒を飲んだのかは、詮索しないでおきます。わたしが生まれる前の、父が誰かの父ではない時代のことだから」

＊

説明会は町民会館で週末の土曜日、午後三時から開かれた。事前に回覧板や役場のサイトなどで説明会開催の趣旨などを知らせてあったが、集まった人々の大半はそうしたものをろくに読んでいないようで、入口で配った趣旨説明の書かれた紙を読んで驚いた声をあげる人が多かった。当日は小雨が降って肌寒く、人々が集まらないのではないかと危惧されたが、説明会開始の十五分前には並べられたパイプ椅子の大半が埋まっていた。

説明会の司会は慎一がつとめた。最初に柴山電鉄の広報課長が、紙芝居コンテスト開催について説明した。紙芝居コンテストは柴山電鉄主催のイベントなので、特に反対意見も出なかった。今さらどうして紙芝居なんだ、という野次のようなものはあったが、プレゼン用に上映された、全国紙芝居コンクール入賞作品の記録映像が流れると、集まった人々からは拍手も起こった。読み上げているのが本職の声優なので、紙芝居も立派な演劇なのだな、と愛美も感心した。

だが、信平が説明を始めると人々は途端にざわついた。

「シバデンの催しもんになんで商店街が参加するんや？」

挙手をして立ち上がった人がマイクに向かって訊ねる。一斉に人々から、そうや、なんでや、と声があがる。

「いやだから、シバデンさんがやるのは紙芝居コンテストだけなんです。でもね、紙芝居の上演だけでは集客力がない。どうせなら、町としても何かやって、より多くの客を町に集めたらどうか、ということなんですよ」

何度も何度も同じことを説明しなくてはならず、信平も次第に早口になっていた。

「商店街の閉まってる店のシャッターに絵を描いて、それを見て貰うイベントなら、費用があまりかからないでしょう」

「けどシャッターに絵を描くのは学生なんやろ。この町のもんやないんやろ」

「どうせなら地元の子供らに好きなように描かせたらええ。そんなよその学生の絵なんかいらんわ」

「シャッター展覧会はあくまで展覧会なんです。シャッターに描かれるのは作品です。N市の美術専門学校の学生さんたちは、プロを目指しているアーティストやデザイナーの卵です。そしてその制作過程と作品を映像に撮って、スクールのＣＭを制作していただきます。ＣＭが放映されれば、うちの町と商店街も宣伝されるわけです」

「宣伝なんかしても、商店街にはもう店がないじゃないか」

「観光する場所もないのに観光客呼んでも、何もない町だと批判され、インターネットでバカにされるだけだよ」

「わしらもう、よそもんなんかに来て貰わんでもええ。静かに暮らしたいんや」

「こんなイベントなんかやっても一回きり、その時だけでしょう。前に猫の町だとかってネットで話題になった時も、若い子たちが押し寄せて騒ぎになったけど、結局すぐに飽きられて誰も来なくなった。最近は猫の駅長かなんかしらないけど、また似たようなことやってるけどね、あれもすぐ飽きられて誰も来なくなるのは目に見えてるじゃないですか。こんなことやっても無駄なんですよ」

　予想以上に反対意見が多い。次々と手が挙がり、司会者が指名する前に口を開いて信平を責めた。

　たちばな美術専門学校の説明会は信平の説明のあとに予定されている。先にしたかったのだが、説明に来る担当者のスケジュールが合わなかった。あと三十分もしたら来てくれるはずなんだけど。愛美は思わず時計を見た。

「あのう」

座ったままで挙げられた手が、他の手よりも長く真っすぐなので、愛美は思わず顔を見た。時おり見かける女性だ。いつも子供の手をひいていた気がする。

「はいどうぞ。お名前もお願いします」

「はい、えっとあの、西澤香奈江といいます。わたしは五年前に結婚してこの町に来ました。出身は神奈川県です。えっと、それで、みなさんのいろいろな意見を伺って、ちょっと思ったことを言ってもいいでしょうか」

「どうぞお願いします」

「あの、今度の企画、わたしはとてもいいと思います。というか……わたしここに越して来て五年間、この町が本当にいい町だ、と心から思ったことって……ないんです。すみません」

ざわざわと話し声が起こり、憤慨する言葉もちらほら出た。だが西澤香奈江は毅然として言った。

「確かにここは、のんびりとしていいところだと思います。月並みですけど、工場とかないから空気はいいし、田んぼも畑もたくさんあって山も川もあります。景色もいいです。

でも……なんて言うのか……退屈なんです」

またざわめきが起こり、今度ははっきりと非難する声があがった。

そりゃ都会とは違う。

わかってて嫁に来たんだろう。

子供がいるのにまだ遊びたいのか。

女性は動じなかった。むしろ、笑顔になって言った。

「すみません、誤解されるような言い方をしました。別にわたし、夜遊びがしたいとか、遊園地や映画館がないのがつまらないとか、そういうことじゃないんです。なんて言うか、毎日の生活にちょっとだけ楽しいこと、あと何日したらあれがあるな、みたいなわくわくして待つようなこと、それがこの町にはない、そう感じたんです。確かにお祭りはあります。でも昔からここで育った方々がお祭りをとりしきっていて、わたしたちよそから来た者はたいしたお手伝いもできません。子供たちも、山車(だし)をひいて町内をまわって、お菓子をもらっておしまいです。屋台を眺(なが)めるのは楽しいけれど、日本中どこのお祭りにも出ている屋台しかない。わたし、今、子供が二人います。四歳と二歳です。今日は家でおじいちゃんおばあちゃんと留守番(るすばん)です。おじいちゃんおばあちゃんは、根古万知駅前商店街にたくさんお店があった頃のことを子供たちによく話しています。だから子供たちは商店街に行きたがりますが、親としては連れて行くのを躊躇(ためら)います。子供たちががっかりするのがわかっているからです。シバデンの紙芝居コンテストのポスターを見て、子供たちはすごく喜びました。紙芝居がたくさん見られるって、今から楽しみにしています。でもコンテストで駅前に来た時に、今みたいな……さびしい商店街の様子を見て、子供たちはきっとがっかりするでしょう。わたし、この町をもっと好きになりたいんです。せっかく嫁に来て、ここで生きていくと決心したんですから、もっともっと好きになりたい。この町で暮らしていて、もっとわくわくしたい。これから子供たちはここで育ちます。やがて自分の足で商店街に行き、自分の目で現実を知るでしょう。……子供たちは、いったいこれから先、この町で何を楽しみに成長すればいいんでしょうか。商店街の現実を知った時が、子供たちがこの町を出て行く第一歩になってしまうんです。せっかくここで生まれたのに……ここには、子供たちが楽しみにできる未来はないんでしょうか。余生を静かに暮らしたい、それはわかります。わたしも歳をとればきっと同じことを言うでしょう。でも……まだここで生まれて育つ子供がいるんです。若い子たちもいるんです。毎日騒がしくしろというんじゃない、ただもう少し、その子たちが楽しいと思えるものがあってもいいんじゃないか。シャッター展覧会、わたしは観てみたいし、子供たちも喜ぶと思います。確かに、子供が好き勝手に描けるスペースがあっても楽しいとは思いますけど、ただ遊ぶだけじゃなくて、大人が描いたものを観ることも、いい経験になるはずです」

香奈江は深呼吸するようにひと息ついて、続けた。

「何をやってもしょせんは一過性のもの、その時だけ。それはまったくその通りだと思います。根本的な問題として、この町には仕事がありません。若い人たちがここに残って生活できるだけの仕事がない。だから子供たちはいずれ、仕事を求めて町を出ることになります。どんなイベントをやったところで、この町に移住しようとする人はいない。仕事がないんだからどうしようもない。でも、一回限り、その場だけでも、誰も来ないよりは誰か来てくれたほうがまし、そう思ったらいけませんか？　その場限りの賑わいでも、賑わえばそれは記憶に、想い出になります。何度でも何度でも、アイデアを出してイベントをやって、その場限りでいいからみんなに来て貰う。そうすれば、イベントに参加していろいろ苦労したね、ということ自体が、この町の人たちにとってはかけがえのない想い出になると思うんです。もちろんイベントをやったせいで負の遺産を抱えこんでしまってはだめです。ねこ町騒動の時は、グッズを作り過ぎたとシバデンさんもさっきおっしゃってましたよね。だから今回は特にグッズは考えていらっしゃらないと。そうやって、調子にのり過ぎないように慎重にやれば、イベントをやったことで負の遺産が残ることもないと思うんです。何もやらないよりは少しまし、そのくらいの感じでいいと思うんです。それだけでも、若い人たちには楽しい一日になります。故郷の想い出になります。そしてそうやって懲(こ)りずにイベントをやっていれば、この町の名前が世間にもっと知られるようになります。この町で生まれて外に出た人たちにとって、故郷がちょっとでも有名になるのは、嬉しいことだと思うんです。専門学校のCMでこの町が映るかもしれない、それだけでも今からわくわくします。わたしは、この企画に賛成します」

一瞬、会場が静かになった。それからぱらぱらと拍手が起こり、やがて拍手は大きくなって会場を包んだ。反対意見を述べた人々は仏頂面(ぶっちょうづら)だったり横を向いたりしているが、それでも手だけは拍手している人もいる。愛美は、西澤香奈江に駆け寄って抱きしめたい衝動をこらえた。

「えー、皆さんのご意見を伺っている途中ですが、今回のシャッター展覧会の企画者でありますたちばな美術専門学校さんがいらっしゃいましたので、お話を伺いたいと思います」

慎一の紹介でマイクの前に立った男性は、名前を名乗るといきなり後ろを向いた。

「それでは今から今回の企画の説明映像をお見せいたします」

この町民会館では時おり映画の上映がされるので、スクリーンがある。持参したプロジェクターを操作して、映像が流れ出した。

会場全体が映像に釘付けになった。

それは、仮想のシャッター展覧会をモチーフにした、一分のＣＭ映像だった。

4

最初に映ったのは見慣れた駅の正面。流れ出した軽快なロックのリズムに乗って、視点が１８０度変わって見覚えのある商店街の入口が見えて来る。撮影隊が来たという話は聞かないから、シバデンの広報が渡したありものの写真を使っているのだろう。ＣＧで見事に再現された、シャッター商店街。さびれて暗く、人の姿もない。

だが突然、シャッターの一枚が変わり始める。アニメーションのように塗られていくシャッター。そこに絵が現れる。少しずつ、流れるように。

他のシャッターもタイミングをずらして変化し出す。やがて商店街のすべてのシャッターに作品が誕生する。

その途端、二重写しのように、懸命にスプレーや絵筆を動かす学生たちの姿が見えて来て、やがてはっきりとその姿が現れた。

Tシャツにジーンズ、オーバーオール、汚れよけの割烹着のようなものを着た学生もいる。

学生たちは真剣に描き続ける。そこには、若い情熱が確かにあった。シャッターが降りた人の気配すらなかった寂れた商店街が、今や色彩に溢れ、個性と若さに満ちた空間になった。

学生たちが笑う。そして肩を組み、抱き合って完成を喜ぶ。弾ける笑顔に、新入生募集、と文字が重なってCMは終わった。

たっぷり一分ほど、集まった人々は沈黙していた。それから一斉に感想が口をついて出た。

「かっこええなあ」

「駅名がちゃんと出るんやな」

「あれ、まだ描いてないんでしょ、シャッター。イメージ映像なんですか？」

「新入生募集ってことは、年末くらいから流す予定なんか」

専門学校の担当者がひとりずつ、丁寧に質問に答えていく。次第に会場は熱気をおび、タレントは出ないのか、シャッターに描いた絵はそのあとどうするのか、ＣＭに町長を出したらどうだ、などといった質問や意見が相次いだ。ひと通り質疑応答が終わり、担当者が席に戻ったところで信平がまたマイクを握った。

「いかがでしょうか、皆さん。今回の企画における、柴山電鉄が実施する紙芝居コンテストへの商店街の協賛と、商店街でのシャッター展覧会、そして駅前広場での飲食コーナー、舞台設置などについて、一度持ち帰っていただいて、ご意見をお寄せくださいませんか。それらの意見と企画趣旨をまとめて、町のほうへも協力をお願いするつもりです。今回は町全体ではなく、あくまで商店街の企画として考えていますが、今後は町の催しにして貰えるよう可能性も探るつもりです」

「あのう、商店街さんは全員一致でやると決めてるんですか」

立ち上がったのは、農協職員の重田(しげた)だった。

「まだ商店街加盟店の全員が賛成というわけではありませんが、今、反対意見の方と話し合いを進めています」

「空き店舗に住んでる方もですか」

「いえ、あくまで商店街に加盟していらっしゃる方だけです。もっとも店の営業はしていなくても、商店街には加盟したままの方がかなりいらっしゃいます。純粋に住宅として住まわれているだけの方にまで、商店街が何かを強制することはできませんので、企画開催が正式決定したら個別に訪問させていただいて、ご理解を得るつもりです」

「でもシャッターは借りないとならないんでしょ」

「はい、展覧会で使用したいシャッターの店舗とその住人の方へは、先に了解を得るようにします、もちろん。先ほども説明しましたように、展覧会のあとは原状回復いたします」

「つまり、トラブルにはならないってことですよね」

「トラブルが起きないよう、最大限努力します」

「そうですか」

　重田はうなずいた。

「実はうち、農協のほうでも、何か出店させて貰おうかって意見が出ているんです」

「それはぜひお願いしたいです。広場に売店を出すこともできますから」

「まあそれもいいんですけどね、ほら、商店街は通り抜けたらうちんとこの駐車場に出るじゃないですか。うちはあの駐車場に特設ブースを作って、で、広場のお客さんに商店街を通り抜けて来て貰ったらどうかな、と思うんですよ。でもそれをするなら、商店街の内部で反対意見とかあるとね、ちょっと困るな、と」

「了解しました。その点については次回の会議でしっかり話し合います」

「よろしく頼みます」

信平がちらっと愛美の方を見て、小さくガッツポーズを作った。

商店街を通り抜けて農協の特設ブースがある広い駐車場へ。願ってもない展開だった。あの駐車場が借りられれば、という話は前から出ていたが、農協が参加してくれるなら話も進めやすい。駐車場の一部を借りてテントをたて、無料の休憩所や迷子対策室、赤ちゃんに授乳できるスペース、簡易救護センターなどをおければ完璧だ。


「なんとなく、流れが変わった気がするね」

慎一が運転しながら言った。慎一の車で、自宅まで送って貰う途中だった。恵子が町民会館までノンちゃんを連れて来てくれたので、愛美の膝の上にはノンちゃんのキャリーがある。その中で猫は眠っているらしく、かすかな寝息が車の走行音の中でも聞き取れる。

「あの女性のおかげで、町のみんなが未来について考えるようになってくれた」

愛美はうなずいた。遠い神奈川県からこの町に嫁いで二児の母となって、愛する子供たちのために、その子たちが暮らすこの町を少しでも変えたいと願う人。あの人の心からの言葉が、自分が死んだあとのことなど知ったこっちゃない、と思っていた人たちの気持ちを変えてくれた。

　変えることはできる。変わることはできるのだ。

「町の人たちがその気になってくれたら、一気にいいほうに動き出すよ、きっと」

「そうなると嬉しいです」

「大丈夫、町のみんなだって何か楽しいことをしたい、そう思っているよ、ほんとは。きっとうまく行く。そう信じよう。それはそうと、ノンちゃんの飼い主だと名乗り出た人はいないのかな」

「恵子さんの話だと、ノンちゃんのことが新聞の地方版に載った日に、電話で問い合わせて来た人はいたみたいなんですけど、猫違いだというのがすぐわかったって。他にはまだないみたいです、飼い主だと名乗り出た人」

「でも野良猫には見えなかったよね」

「ええ……栄養状態もいいし、まったく人を怖がらなかったし。飼い猫か、少なくとも人間に餌を貰ったり撫でられたりすることに慣れている、外猫とか地域猫とか、そういう猫なのは間違いないと思います」

「で、連れて来たのは欣三さん……欣三さんは車の運転、しないんだよね？」

「ええ」

「だとしたら、ノンちゃんと出逢ったのは欣三さんの家から徒歩圏内ってことになるけど、そんなに近くにいた猫なのに、飼い主だと名乗り出る人も、ノンちゃんを前に見かけたという人もいないって、ちょっと変だな、と思ったんだ」

「……そうですね」

「河井さんの話では、河井さんがブログにアップしたＵＦＯの画像を佐智子さんが見つけて、それを欣三さんに話したか何かで、欣三さんが画像に気づいた。それで河井さんに連絡をとった」

「ええ」

「画像がアップされたのはだいぶ前だよね。欣三さんが最初に古根子集落を訪れたのはいつだったのかな」

「わたしと信平さんがあの丘の下で、軽トラックに乗りこむ欣三さんを見た時……じゃないですね、たぶん。あれは初めてって感じじゃなかったです。河井さんははっきり言わなかったけれど、欣三さんはもうだいぶ前から、古根子集落に行っていた……」

「河井さんと欣三さんは、自分たちが昔見た、ＵＦＯのように見える現象を再現しようと、何度か会ってる。……もしかすると、欣三さんがノンちゃんと出逢ったのは、古根子集落なんじゃないかな。何か理由があって、欣三さんは古根子集落にいた猫を持ち帰った」

「理由……」

「古根子集落でノンちゃんを飼っていた人が、何らかの事情で飼えなくなったとか」

「でも、それならどうしてそうと言わないのかしら。河井さんも猫のことは何も言ってませんでした」

「……河井さんはまだ何か、秘密を持ってるね。いっそ、ノンちゃん連れて行ってみないか、古根子集落に」

「ノンちゃんを？」

愛美は膝の上のキャリーケースに顔を近づけた。幸せそうな寝息が途切れずに聞こえて来る。

「もしノンちゃんが古根子集落の猫なら、連れて行けばきっと反応する。もしかしたら元々暮らしていた家がわかるかもしれない。もちろん事情があって猫が飼えなくなってしまったなら正式に君がノンちゃんをその人から譲ってもらえばいい。そうすれば、ノンちゃんを勝手に駅猫にしたりイベントに連れ出したりすることに対して、飼い主が現れて異議を唱えられる心配がなくなる。これ、大事なことだと思うんだ。これからますますノンちゃんの人気は高まるし、今度のイベントが成功すれば認知度も上がる。そうなってから、自分が飼い主だと名乗り出る人が何人も現れてトラブルが起きる可能性はあるし、そうでなくても、本当の飼い主がわかった時に僕らがやってることに対してどんな反応をされるかは、予測がつかないよね。できればイベントの前に、ノンちゃんの飼い主がいるならそれを突き止めて、いろいろはっきりさせておいたほうがいいと思うんだ」

「……わかりました。ノンちゃんと、もう一度あの集落に行きましょう」

九章　さすらうひと

1

三度目の古根子集落訪問だった。でも今度は、これまでとは目的が違っている。

愛美は膝に抱えたキャリーケースに向かって、何度となく話し掛けていた。ケースの中では、ノンちゃんがいつものように、ゆったりと寝そべっている。

本当に不思議な猫だ。ケースに入れられても不満そうな鳴き声ひとつあげないし、車に揺られていてもまったく不安げじゃない。

けれど、古根子集落に入る細い道へと車が入った途端、ケースの中のノンちゃんが、開けて、とでも言うようにケージの蓋のあたりをとんとん叩いた。

「ノンちゃん、やっぱりここがどこだか、わかるの？」

集落に入ると、わだちがくっきり残った細い地道なので車は徐行するしかなく、人が歩くのと変わらないくらいの、のろのろ運転になる。愛美はケースを開け、ノンちゃんが膝の上に出て来るに任せた。ノンちゃんは遠慮がちに外に出て、愛美の膝の上に座ってひと息つくように愛美の顔を見てから、にゃお、と鳴いておもむろに車の窓に顔を近づけ、外を眺めた。

「わかる？　古根子集落よ。やっぱりノンちゃんはここの出身なの？」

にゃお、とまたノンちゃんが鳴いた。

「ここから歩いてみる？」

慎一が訊いた。今回は慎一が運転し、助手席には信平が座っている。

「車は先に行って、河井さんとこに停めさせてもらうから」

「そうね、ノンちゃん、外に出たそう」

「迷子になるといけないから、ハーネスはつけたほうがいいよ」

「ええ」

愛美はノンちゃんにハーネスをつけ、抱きかかえた。車が停まり、外に出る。信平も車から降りた。

車が先に走ったあとを、ノンちゃんに散歩させながらゆっくりと歩く。

「シャッター展覧会、商店街の住人全員から賛成をとりつけたよ」

歩きながら信平が嬉しそうに言った。

「先日の説明会のあと、もう一度、反対の意思表示していた家をまわったんだ」

「良かった！　すみません、お手伝いできなくて」

「いや、愛美ちゃんのほうが俺の何倍も忙しいだろう、今」

愛美はこの一週間、喫茶店のバイトを休んでいる。

シバデンの広報部から依頼されて、ボランティアスタッフとして紙芝居コンテストに出場する地元の参加者の手伝いをしていた。うぐいす幼稚園の先生とスタッフ、ねこまち保育園の保育士一同、根古万知中学演劇部のグループ、地元の主婦の有志一同などの団体がエントリーしている。それぞれのグループと連絡をとって、ユニフォームがわりのＴシャツの発注、万一の時のために紙芝居をカラーコピーして保管、稽古の見学。全国からやって来る同様の大会に参加経験のある人たちに混ざって地元組が臆することがないように、と、シバデンもかなり気をつかっていた。さらに、シャッター展覧会の下準備もあった。絵を描く前に、使用するシャッターを洗浄する手配、専門学校生たちに配る弁当の手配など、ボランティアスタッフに任された仕事は数多い。ノートにぎっしりと予定や手順などを書きこんで、シバデンが貸してくれた軽自動車を自分で運転して走り回っている。

「でも忙しくしていると、ああほんとに始まったんだな、って実感できますね。ほんの数ヶ月前には、ただの愚痴みたいなものだったのに」

「ほんとだなあ。商店街の閑古鳥をなんとか退治したい、でも無理だよな、みたいな愚痴だった。愛美ちゃんが紙芝居コンテストを思いついてくれたおかげで、物事が動き出した」

「そのきっかけは」

愛美はくんくんと鼻を動かしながら楽しげに歩いている猫を見た。

「ノンちゃんの登場ですよね。猫駅長で少し話題ができて、シバデンさんがやる気になってくれたから。ノンちゃんが来る直前には、根古万知駅が廃止になるかもって話が出ていたのに」

「そうだったなあ。前の駅長が定年退職して、次の駅長が決まってなかった」

「今でも別の駅と兼務ですもんね」

「今の利用客数だと、温泉があって利用客が多い前畑駅を終点にして、そこから先はバスで代行したほうがずっと赤字が減らせるらしいからな。シバデンだって経営は楽じゃない。鉄道は大赤字で、N市近郊のバス路線と柴山観光の売り上げでその赤字がかつかつ埋まってる状態らしい」

「今度のイベントが成功したら、その状況は少しでも改善できるのかしら」

「さあ」

信平は首を横に振った。

「俺は楽観的にはなれないよ。鉄道の赤字っていうのは構造的なものもある。イベントだのなんだので観光客をいくら呼んでも、それだけじゃ解消は難しい。日常的に通勤客が利用する路線じゃないと、黒字にはならないと思う。それに、今のこの車社会は相当に手ごわい。実際俺だって、田舎暮らしは車があるからこそできることだ。根古万知が万が一、活気を取り戻せたとしても、やって来る人々は車を使うだろう。あの、たま駅長がいた和歌山電鐵にしたって、貴志駅までたまを観るのに車で押しかけて来た人がたくさんいて、日曜日は周辺道路が渋滞してたらしいよ」

「どんなに頑張っても、いつかは根古万知駅が消えてしまうかもしれない……」

「その覚悟は必要だろうな。シバデンだって企業だ、理念や意地だけで毎年の莫大な赤字をそのままにしておくには限界がある。それでも、根古万知に駅があった、という記憶はいつまでも風化させたくないと思うんだ」

「駅前商店街が風化しなければ、大丈夫ですね」

「俺たちにできるのはそっちだけだからな。まずはシャッター展覧会を成功させて、紙芝居コンテストと演劇、出店で人を集め、根古万知駅前商店街の名を全国に知らしめる。最初の勝負に勝てば、その先もいくらか見えて来る」

「正直、不安なことはいっぱいあるんです。シバデンの広報さんによればコンテストにエントリーしてるなかには、他のコンテストで入賞したような人たちもいるみたいで。それなのにお客さんが少なかったら、その人たちは二度とエントリーしてくれなくなっちゃうんじゃないかな、って」

「地元民を集めるだけでもそれはなんとかなるよ。役所が乗り出してくれたから、少なくとも根古万知の町中には知れ渡ってる。地元応援で二、三百人は来るよ。あとシャッター展覧会関係で専門学校生の友達とかひっくるめて二百人くらいは」

「それでも五百人ですね」

「……ちょっと少ないよね。全国的な話題にして貰うなら、千人は集めたい。専門学校のほうにはたらきかけて、N市のケーブル局あたりで告知して貰おう」

「新聞はどうですか」

「たぶんシバデンの広報がかけあってると思う」

「あと、N市には確か、ミニコミ誌がありますよね。あそこで取り上げて貰えないかしら」

「それは頼めば記事にして貰えるだろうけど、何か見返りが必要だな。普通はミニコミ誌に広告を出稿するんだけど、うちの商店街でそんな財力はないしなあ」

「どのくらいかかるのかしら」

「調べてみようか。あれ、ノンちゃんが何か見つけたみたいだよ」

確かに、ノンちゃんは何かに興味を惹かれている。

「野ネズミかしら」

「ならいいけど、マムシとかだとやっかいだな」

「ノンちゃんはそんなに戦闘的じゃないから、蛇に手出しはしないと思うけど……」

「それはわからないよ。ノンちゃんだって心に野性を隠してるさ、きっと」

「ノンちゃん、何がいるの？」

愛美はハーネスのひき綱をたぐりながらノンちゃんに近づいた。

にゃお。

ノンちゃんは愛美の顔を見て、それからまた前方に両目をこらす。愛美はノンちゃんを抱きかかえ、ノンちゃんが気にしている草むらを覗きこんだ。

何かが柔らかな光を放っていた。

「何があった？」

「……誰かの落とし物みたいです」

愛美が拾い上げたそれは、古風な鼈甲の櫛だった。

「プラスチックかな」

信平が櫛を手にとる。

「……本物の鼈甲かな」

「だとしたら高価ですね」

「古いものみたいだけど。こんな櫛を使う人が、まだ住んでるんだね、ここには」

「河井さんに見せたら、どなたのものかわかるかも知れませんね」

「うん。……あれ、ノンちゃん、これ欲しいの？」

愛美に抱かれたままで、ノンちゃんが前足を伸ばしていた。櫛に触ろうとしている。

「自分のものだと思っているのかな。確かにノンちゃんが見つけたんだけど、なあノンちゃん、拾得物を警察に届けないと横領罪になっちゃうんだぜ」

「触りたがってるみたい」

「触るくらいならいいけど、かじるなよ」

信平が櫛をノンちゃんの前足に触れさせた。ノンちゃんは前足の先をくいっと曲げて、櫛を抱きかかえるようにした。

「よっぽど気に入ったのね」

愛美は笑って、ノンちゃんが櫛を落とさないように抱き直した。


河井の家まで行くと、空地に慎一の車が停まっていた。

「ごめんくださーい」

信平が声をかけると慎一が出て来た。

「今、河井さんがコーヒーいれてくださってるんです」

「ノンちゃん、散歩楽しんだ？」

「とっても。で、いいもの拾っちゃったんです」

「いいもの？」

慎一が櫛に気づいた。

「あ、すごい。アンティークの櫛だね」

「本物の鼈甲かしら」

「……そう見えるなあ。タイマイは保護動物だから、今は鼈甲ってどんどん値が上がってるみたいだよ。ノンちゃんすごいよ。でも落とし物は届けないとだめなんだよ」

愛美は笑った。

「信平さんと同じこと言ってます。でもノンちゃん、離す気ないみたい」

「どこで見つけたの？」

「ここまで来る途中の道端の、雑草が少し深く茂っているところで」

「いらっしゃい。待ってましたよ」

河井が奥の部屋から出て来て、にこやかに笑いかけてくれた。最初に逢った時に比べると、河井はとても穏やかになった。自分たちに心をゆるしてくれたことと、父と話したことで河井自身も肩の荷が降りた気分なのだろう、と愛美は思った。

「それが駅長猫？」

「はい、ノンちゃんです」

「……何か腹に抱えてるな」

「来る途中で拾ったんです」

愛美はノンちゃんの前足から櫛をはずし、河井に手渡した。

「河井さん、見覚えありませんか？　この集落のどなたかが落とされたんだと思うんですけど」

河井は櫛を目の前にかざすようにして、じっと見つめている。

「これ」

河井がやっと口を開いたが、その声は掠れて聞こえた。

「どこで見つけた、と？」

「道端の草むらです。県道から集落に入って来る道の」

「どのあたりですか。今から案内して貰えますか」

「……河井さん？　あの、その櫛は」

「持ち主に心当たりはありますか」

「この集落の方ですか」

河井はうなずいた。

「おそらく……その猫の……元の飼い主です」

愛美は驚いた。

「元の、飼い主……河井さんはそのことをご存じだったんですか。このノンちゃんがこの集落の猫であることを！」

「欣三さんが見つけた猫が駅長になった、という話は耳にしました。欣三さんが連れて行ったとすれば……あの猫だろう、と見当もついてました。なので今日、あなたたちが猫を連れて来ると連絡をくれた時、やはりそうだったのだろう、と思ったんです」

「でも、それじゃ……ノンちゃんは飼い猫なんですね。飼い主にお返ししなくては」

「それはできないんですよ」

河井は下駄を履いた。

「その猫はもう、他の誰の飼い猫でもない、あなたたちの猫だ」

「いったいどういう」

「失踪したんです」

河井は言った。

「その猫の飼い主は半年ほど前に姿を消しました。……この集落に住民票をおいていない人だったんで、集落から消えても、ただ出て行ったのだろうと……。申し訳ない、説明しているよりもまず、その櫛があったところに案内してください」

河井が早足で歩き出したので、愛美も猫を抱いたまま小走りに河井の前に出た。

「あのあたりです」

河井の家から早足で五分、ノンちゃんが見つめていた草むらが見えて来た。

「あっちの脇の。ノンちゃんが見つけたんです。もしノンちゃんがじっと草の中を見ていなかったら、気づかなかったと思います」

河井は草むらに入り、腰の高さほどもある雑草をかきわけた。

「河井さん、あの」

「他にも何かあるかもしれない。ここは廃田で、管理する者がいないから夏になっても草刈りもしないんです。その櫛は、半年前からこのあたりに落ちていた可能性がある」

「俺もやります」

信平が草むらに入った。慎一もあとに続く。

「気をつけて。草で手を切るよ。それにマムシもたまにいるから、そのへんの枝で払ってから手を突っ込んで」

愛美も草の中に入りたかったが、ノンちゃんの小さな爪(つめ)が袖(そで)に軽く刺(さ)さっていたので、ノンちゃんが不安を感じていると思った。抱いていてあげないと。

嫌(いや)な汗が背中を伝う。猫の不安が伝染した。

まさか……まさか。

「あうっ！」

信平が奇妙な声をあげた。

「か、河井さん！」

河井と慎一が信平のそばに集まる。草に隠れて三人の姿はあまり見えない。

突然、誰かが号泣する声が聞こえて来た。……河井だ。

ノンちゃんが、低く唸るような声を出して、爪を愛美の腕に食いこませた。慎一が草の中から姿を現した。

顔が蒼い。

「……慎一……さん？」

慎一の声は硬く、抑揚がなかった。

「河井さんの家に戻ろう」

「あの、あそこに何が」

「君は河井さんとこで、ノンちゃんと待ってて」

「あの」

「いいから。君は見ないほうがいい」

*

「あの草むらの少し先が土手のようになってて、そこにモミジ苺がたくさん実るんだ」

河井の目は真っ赤だったが、涙はもう流れていなかった。

「ひなちゃんはモミジ苺が好きでね……採ろうとして土手を登ったんだろうな。そして足を滑らせた……」

草むらに隠れるようにして転がっていたフットボールほどの大きさの石が、彼女の頭部を割ったのだろう、と言う。

「あのあたりを通った時に、嫌な臭いがしてたこともあったんだ……だけど、この村は下水道がない。便所は汲み取りだし、田んぼの肥料はいまだに肥だめだ。嫌な臭いなんて始終、どこでもしてるからな……気にもしなかった。猿や狸の死骸が転がってることだってあるし……」

河井は、自分に言い訳していた。誰に言うともなく、ぶつぶつと呟いている。

「ひなちゃんが暮らしていたのは、集落の中にいくつもある空家だ。その猫は彼女が可愛がっていた。ひなちゃんの姿が消えたことに気づいたのは、その猫が餌を貰いに顔を出すようになったからだ。でもひなちゃんは……そういう子だったから……出て行ったんだろうと思った」

一年ほど前に、ふらりと姿を現した女性だった、と河井は語った。歳の頃は五十か、もう少し上か。

自由奔放で、風のような女性だった、と。空家に住み着き、電気もガスも水道もない暮らしに簡単になじんだ。川に入って素手で魚をとり、山の木の実や草の実をつみ、河井の酒をよく飲んだ、と。

「一九九五年の震災で家族を失って、それ以来日本中をふらふらとさまよって生きてる人だった」

河井は寂しそうに笑った。

「欣三さんは、ひなちゃんに惚れちゃったんだよ……ばあさんに悪い、ばあさんに悪い、と言いながら、それでも、ひなちゃんのそばにいると幸せそうだったよ」

パトカーのサイレンの音が、次第に近づいて来た。

2

「おじいちゃん、部屋にとじこもっちゃって」

田中佐智子は、祖母が作ったというおはぎがぎっしり詰まった重箱を信平に手渡しながら、悲しそうな顔をした。信平は佐智子のためにココアを作っている。甘く香ばしいココアの匂いが店に満ちて、愛美は少しだけ気持ちが楽になった。

田中欣三の「想いびと」だった女性の遺体発見は、愛美にとっても大きな衝撃だったが、根古万知町にとっても大ニュースだった。

「ぜんぜん御飯を食べようとしないんです。それでおばあちゃんが、おじいちゃんの好物のおはぎを。お彼岸でもないのにいっぱい作ったんで、皆さんでどうぞ」

「欣三さん、そんなに参ってるんだ」

信平が首を横に振った。

「心配だな。退院したばっかりなんだし、食欲がないのは困るよね。あ、ココアでよかった？　おはぎ食べるなら、緑茶いれようか」

「わたしはココアでいいです。ココア、大好きです」

佐智子は微笑んだ。

「それにおはぎは、うちで三つも食べましたから、朝から。わたしがぱくぱく食べてたらおじいちゃんも食べたくなるだろうって、おばあちゃんが食べろ食べろ言うんです」

「うまいよ、これ」

信平は小ぶりのおはぎを一口で食べた。

「いいあずき使ってるなあ。それに洒落てるよね、小さくて」

「このあたりは田舎だから、大きく作りますよね。でもおばあちゃんは、大きいおはぎだと一個しか食べられない、小さいのだといくつも食べられるから得した気分になる、って」

「この大きさなら、女性でも抵抗ないよ、きっと。今度の紙芝居コンテストの日、サッちゃんのおばあさんも出品すればいい。このおはぎ、三個入りと六個入りのパックに詰めて」

「こんな素人のものが売れますか」

「大丈夫、この味なら。無理のない数作って、売り切れたら終わりにすればいいよ。サッちゃんが手伝えるなら、紙コップで緑茶のサービスとかしてさ。難しく考えなくていい、ティーバッグとポットでお湯を用意すればできるから」

「でも」

佐智子は下を向いた。

「……このままだと、コンテストもシャッター展覧会も中止しないといけないんじゃ……」

「亡くなった方にはお気の毒だけど、あれは古根子集落で起こった事故でしょう。それももう随分前の。そのためにコンテストを中止する必要なんてないですよ」

「……河井さんは警察に行かれたままですよね」

「河井さんに責任はありませんよ。もともとその女性は、気の向くままに放浪生活をされていたんですから、突然姿が見えなくなっても、出て行ったのだと思ったことに不自然はない」

信平は苛立たしげに言った。

「警察が余計な想像しているだけです。河井さんがその女性を……なんてこと、あるわけがない。理由もない。もうそろそろ司法解剖の結果も出るはずです。そうすれば事故だってことははっきりしますよ。河井さんは任意で警察に協力しているだけです。逮捕されたわけでもありません。今すぐにだって本人がその気なら帰って来られるんです。でも河井さんは、その女性を早く見つけてあげられなかったことをとても後悔していて、そのことについては深く責任を感じています。だから警察の理不尽な態度にも腹を立てず、できる限りの協力をしている。立派な態度です。俺だったら警察と喧嘩して、さっさと帰って来ちゃいます。今は利益供与についていろいろうるさいから、警察に協力したってカツ丼食べさせて貰えないですしね」

佐智子がやっと笑った。

「信平、いるかい」

ドアが開いて入って来たのは、愛美の知らない男だった。スーツ姿だが、どことなく普通のサラリーマンには見えない。がっしりとしたからだつきで、短く刈った髪型のせいで、少し威圧感がある。

「草薙さん」

信平がカウンターから出た。

「わざわざ来てくれたんですか。すみません。あ、コーヒーでいいですか」

「うん。金、ちゃんと払うからな」

「コーヒーくらいいいじゃないですか」

「今はうるさいからな、コーヒー一杯でも奢って貰うわけにはいかんのだ」

「わかりました。じゃ、とびきり美味しくいれます」

信平がカウンターに戻る。水とおしぼりを盆にのせた愛美に、信平が囁いた。

「県警の草薙さん。刑事さんだよ」

「え？」

「俺の剣道部の先輩なんだ、高校の。あの女性の遺体のことで、来てくれたんだと思う。俺が電話して頼んだから」

コーヒーの用意ができると、信平は店の外に臨時休業の札を出した。

「あの、わたし失礼します」

佐智子は信平の様子から草鞠がただの客ではないとさとり、帰って行った。

「なんか悪かったな、営業中に。隣り町で仕事があって、近いんで直接話したほうがいいかと思って」

「いいんです、どっちみちランチタイム以外は客はいないんですよ」

信平が苦笑まじりに言った。

「この商店街、ひどいでしょう。午後の三時ともなると人なんか歩いてません」

「田舎町の商店街はどこもこんなもんだろう。N市だって、中心の商店街はファストフードとドラッグストアとパチンコ屋だけだぞ、人が入ってるのは。俺にしたってたまの休みに家族連れて行くのは、郊外の大きなショッピングセンターだもんな。ゲームコーナーだのフードコートだのがあるから、子供連れにはやっぱ楽なんだよな。帰りも、いちばんちびの子はまだ三歳だから、必ず寝ちゃうだろう、車じゃないと大変なんだよ」

草鞠は信平が出したコーヒーを美味(うま)そうにすすった。

「いいコーヒーだ。信平、いい腕だな」

「ありがとうございます」

草鞠はゆっくりとコーヒーを飲み、それから信平にことわって煙草(たばこ)に火を点(つ)けた。

「で、まあそのうちニュースになるだろうが、遺体の身元な」

「はい」

草彅は手帳を開いた。

「本名がひなむらゆかり。雛（ひな）祭りの雛に村、ゆかりは、縁（えにし）って字ひとつだ」

「ひなちゃんと呼ばれていたのは、名字に雛が付いてたからだったんですね。名前のほうじゃなくて」

「たぶん誰も本名は知らなかっただろうな。ひなちゃん、というのは本人がそう呼ばせていた呼び名だろう。生年は一九六五年だから、今年五十一か。出身は神戸（こうべ）。阪神淡路（はんしんあわじ）大震災で、夫と、一歳になる息子、それに自分の両親と弟も亡くしたらしい。なんとも気の毒なことだ。震災後しばらくは父方の祖父の家で暮らしていたが、半年ほどして、知り合いのつてで大阪で仕事する、と言い残して家を出て、それきり親族には連絡していない。だが捜索願も出ていなかった。まあ想像だが、三十を超（こ）えた孫娘が連絡して来なくなっても、警察に届ける必要があるとは考えなかったんだろうな。結局、その時以来、雛村縁という女は消えてしまった。そのあとどこで何をしていたか、すべて把握するのは不可能だろうな。警察が裏付けをとった限りでは、二〇〇〇年には小豆島（しょうどしま）の民宿に住みこみで働いていた。二〇〇四年には小倉（こくら）のスナックで働いてる。スナックのオーナーの話だと、客としてふらっと入って来て、なんとなく意気投合したんでバイトして貰ってた、ってところしい。だが一年足らずでまた姿を消した。おそらく、身元の詮索をしないバイトを見つけてはしばらく働いて、いくらか金が貯まるとよそに流れる、そういう暮らしを続けていたんだろうな。その間、ちゃんとアパートを借りた記録がないから、寝泊まりさせてくれる男を見つけては同棲に持ちこんで住居を確保していた、ってところだろう。今回も警察としては、河井がその住居と食事を提供してくれる男だった、という筋書きを書いた。どこかで河井と出逢って、河井に誘われるままあの辺鄙な集落に入りこんだけど、あそこじゃバイトもできないし、あまりに不便なんで逃げ出そうとした。そして口論になって……」

「それが警察の作ったシナリオなんですね？」

「いや、おそらくそんなところだろう、って話だ。俺は部署が違うし管轄も違うからな、捜査員が何を考えているのかまではわからん。ただ、もうすぐ司法解剖の結果が出る。その結果次第では帳場が立つことも、ないとは言えない」

「殺人事件の捜査本部ができるってことですか」

「死因から他殺が疑われた場合には、な。まあ捜査本部ってのはそう簡単には設置できないんだよ、何しろ設置された署にとってはかなりの負担になる。署内に寝泊まりできる場所を確保して、朝晩の飯も用意しないとならんしな。だから、よほどはっきり他殺とわかる状況じゃない限り、死因だけで本部ができたりはしない。例えば体内に致死量の毒物の痕跡があったとか、頸骨（けいこつ）が折れてたとか、拳銃の弾（たま）が出て来たとか、な」

　草彅は乾いた笑い声をたてた。

「ま、大丈夫だ。ほんとに事故死なら、ちゃんと解剖結果でそういう結論が出るよ」

「そうであってくれないと困りますよ。イベントまでもうそんなに日がないですからね、殺人事件のイメージなんか願い下げです。それに、河井さんは人殺しなんかできる人じゃないですよ」

「殺人事件を起こした犯人の大多数は、知人友人の目から見れば、人なんか殺せる人間じゃないもんだよ。ましてや痴情のもつれが原因の場合、どんなに善人でも紳士でも、理性が吹っ飛んでしまうことは有り得る。まあ待て、すぐに俺の携帯に連絡が来るから。手の内を明かせば、司法解剖を担当してるN市立大医学部の法医学研究室に、ダチがいるんだ」

「わかりました。先輩、昼飯まだなんじゃないですか。待ってる間に何か作りますよ」

「いや昼は食った」

「じゃ、おはぎ食べませんか」

「おはぎ?」

「知り合いの手作りです。うまいですよ」

草彅の携帯が振動したのは、草彅が三個目のおはぎを口に入れた時だった。電話に出た草彅が、驚いたような声を出した。

「……そうか、わかった。ありがとう。また連絡する」

草彅は携帯電話をポケットにしまった。

「意外な結果が出たよ」

愛美は緊張した。信平も硬い表情をしている。だが、草彅は笑った。

「そんな怖い顔するな。いちおう、朗報だ。他人様の死因聞いて朗報だなんて不謹慎だがな。でもイベントの中止はなさそうだ」

「事故だったんですね！」

「いや。病死だった」

「……病死！」

「いわゆる、くも膜下出血が死因だそうだ。出血は高度で、発症した時点で意識障害を起こしただろうと推測される、ってさ。つまり、突然ガツンと衝撃が来て、痛いと感じるより前に気が遠くなり、そのまま死んだわけだ。雛村縁が草むらで何をしていたにしても、溝に転がり落ちたのはそのせいだな。そのまま意識は戻らず、助けも呼べないまま死亡した。足首あたりに骨折があるが、転がり落ちた時にしたものと思われ、死因とは関係ないそうだ。ま、良かったじゃないか。河井氏の無実もこれで証明された。しかしなんとも哀しい人生だな。震災で愛する家族をすべて失い、地道に生きる気力をなくして放浪した女が、最後は病気で死んだのに、ミイラみたいになるまで誰にも気づかれることもなかった……なんてな」

草彅は立ち上がった。

「また飲もう、信平」

「はい。ありがとうございました、本当に」

「病死とわかれば警察の出番はおしまいだ。遺体はすぐ戻って来るだろう。しかし引き取り手はあるのかな。神戸には親戚もいるみたいだから、引き取り手がなければそっちに連絡して貰って引き取って貰え。イベントの成功、祈ってるよ」

「病死だったなんて」

愛美は息を吐（は）いた。

「でも……事故死よりはよかったのかもしれませんね」

「そうかな」

「事故死だと、雛村さんがあの集落に住み着いたことそのものが、死に結びついてしまった、とも言えますよね。でも病死なら……それも脳出血なら、いつどこで起こっていてもおかしくない。雛村さんがどんなところでどんなふうに生活していようと、避けられないことだったと思います。たとえすぐに病院に運んでいたとしても、出血が高度では、助かる可能性は低かったでしょうし」

ドアがまた開いた。

「河井さん！」

河井は、やつれた顔をしていたが、それでもいつもの少し皮肉めいた笑みを顔に浮かべていた。

「ご心配おかけしました。冤罪で殺人犯にされるのは免れたようです」

「冗談じゃないですよ」

信平はコーヒーフィルターをカップにセットした。

「真面目に、冤罪なんかで逮捕されたら大変です。もし今日あなたが警察から戻って来なかったら、弁護士を探そうと考えていたところでした」

「確かにね、何かをしたことは簡単に証明できるけれど、何かをしなかったこと、ってのはなかなか証明できませんからね。しかしわたしもびっくりしました」

「雛村さんが病死されたことが、ですか」

「いやまあそれも驚きましたが……ひなちゃんの名前が本当は縁ちゃん、で、名字のほうに雛って字が入ってた、って知って」

「そっちですか」

信平が笑って、コーヒーカップをカウンター越しにさし出した。

河井は、そのコーヒーを美味そうに飲んだ。

3

「でも大変な目に遭いましたね。警察の調べはきつかったですか」

信平がいれたコーヒーを目を細めて飲む河井は、首を横に振った。

「いやいや、とても紳士的というか、親切だったよ。死因がはっきりするまでは、迂闊に容疑者扱いするとあとで問題になるしね。ただ、解剖所見が出て病死だったと報告があった時、担当していた若い刑事は明らかにがっかりしていたな」

河井は笑った。

「県庁所在地と言ったところでN市は田舎町だからな、大きな事件なんかそうそう起こらない。はりきってたんだろうな、あの刑事さん」

「死因がすぐに判明してほんとに良かったですよ。白骨化していたら死因がわからない可能性もあったじゃないですか」

「溝の底が粘土質で、湿度が保たれていたおかげで遺体がミイラ化していたらしい。……ひなちゃん、最後まで、みんなに迷惑かけないように気をつかってくれたんだな……」

「どんな人だったんですか、雛村さん」

「そう呼ばれても知らない人の名前みたいだ」

河井はおだやかな顔で、遠くを見つめるような目つきになった。

「ひなちゃんは、欣三さんが連れて来たんだ」

「連れて来た?」

「ある日、二人で俺の家の戸口に立ったんだ。欣三さんの話では、N市で知り合ったんだって」

「N市で……欣三さん、N市にはよく行ってたんですか」

「けっこう行っていたみたいだよ。欣三さんはあれで、町が好きなんだ。賑やかなところがね。年寄りだからって誰もかれもが人のいない静かなところが好きなわけじゃない。人が多くて店もたくさんある都会が好き、って人もいるさ。何しろ欣三さんは若い頃炭坑夫で、稼いだ金を色街でぱーっと使う生活だったんだ。たまには女性の化粧の匂いを嗅ぎたくなっても仕方ない」

信平は目を丸くした。

河井は片目をつぶってみせた。

「まあそのあたりはプライバシーだ、つっこまないでおこう。とにかく、N市で欣三さんはひなちゃんと出逢った。そして意気投合したんだ。ひなちゃんは一年近くN市で暮らしていたみたいだが、そろそろ別のところに行きたくなっていた頃だったんだろうな。でも古根子集落には民宿すらないから、集落内の空家を使わせてもらうことになった。集落内には空家が何軒かあってね、どれもちゃんと持ち主はいるんだが、みんな町で暮らしてる。その中の、鈴木さんって人の家の管理を俺が頼まれててね、鈴木さんは神戸で家族と暮らしていて当面集落に戻る気はないけれど、取り壊して更地にしたところで買い手もないだろうから売ることもできないので、なんとなくそのままにしてる家なんだ。鈴木さんに連絡したら、別に貴重品が置いてあるわけでもないから好きに使ってくれて構わない、と言って貰えたんで、ひなちゃんに住んで貰うことにした。ただ、電気はとまってるしプロパンガスも契約は切れてるから補充がない。井戸はあるけど水質検査してないから生では飲めない。それでもひなちゃんは気にしなかった。茶をいれる湯くらいならカセットコンロで充分沸かせるし、キャンプ用のLEDランタン一個あれば寝る前に本くらい読める。食事は俺んとこで食えばいい。ひなちゃんは、充分満足して楽しそうだった」

「集落で暮らして、雛村さんは何をされていたんですか」

「うーん、何をしていた、というわけでもないんだよね。天気が良ければ俺が畑仕事するのを手伝ったりもしていたけれど、ふらふらと散歩に出かけて夕方まで戻って来ないことも多かった。雨が降れば、俺の本棚から何冊か本を持って行って、一日中読んでたな。本はすごく好きだった。酒は飲むけど、酔うほどは飲まない。自分のことはあまり話さなかった。……阪神淡路大震災で家族を亡くしたことも、数ヶ月経ってからやっと話してくれたくらいで。俺はいらないって言ったんだけど、月末になると食費だといって一万円渡してくれた」

「お金は持ってらしたんですね」

「月に一度、俺は自分のことでN市やショッピングセンターに行くんだ。その時に買い物するだけじゃなくて、銀行に寄ったり郵便局に寄ったり、役所に行くこともある。ひなちゃんはたまにそれについて来て、銀行のATMを使っていた。だから少しは貯金があるんだろうな、とは思ったけど、集落での生活だと金はほとんど必要ないからね。一万円の食費なんて、ほんとは貰いすぎだった。野菜は畑で採れるもので充分だったし、米は集落の中でたんぼ持ってるうちから直接、食べる分ずつ買うから安い。魚も俺が釣ったのでまあ足りたよ。酒と肉をたまに買っても、食費なんか一人分五千円程度で済む。そういう生活なんだよ、あそこでは。ひなちゃんはそういう生活がとても気に入っているみたいだった。だから、突然姿を消した時は驚いた。でも……書き置きがあったんだ」

「……書き置き？」

「うん。なんとなく暖かいところに行きたくなったから行って来ます。春になったら戻って来ます、って書いてあった」

「それで捜さなかったんですね」

「……そういう人生を選んだ人だったんだよ、彼女は。震災で愛する家族のすべてを失って、彼女の人生は一度終わってしまったんだろうね。でも、それでも生きていくことを覚悟したひなちゃんは、それまでの人生のすべてを忘れようとしたんだろう。彼女は死ぬまで、風のように気ままに水のように流れて生きることにしたんだ。だからどんなに気に入った場所であっても、定住する気はなかった。ひなちゃんが姿を消したのは、半年前の冬の始まりだ。ひなちゃんは震災で怪我をして、その傷が寒くなると痛むと言っていた。だから冬はできるだけ暖かいところで暮らしたい、ってね。その書き置きを欣三さんと二人で読んで、仕方ない、と納得した。だから捜さなかった……捜していれば……もしかすると……」

「いえ、それはなかったでしょう。脳出血の程度は重かっただろうということです。きっと、頭が痛い、と思うまもなく意識を失い、そのまま帰らぬ人になったはずです。たとえすぐに発見していたとしても、助からなかったと思いますよ」

「それでも、あんなところでミイラになっていたなんてなあ……気の毒なことをしたよ」

「欣三さんは、雛村さんのことが好きだったんですってね」

河井は懐かしむように笑った。

「うん……欣三さん、自分では老いらくの恋だって言ってたな。けどまあ、欣三さんはあれで愛妻家なんだ。俺が作った漬物とか干物とか、食べて気に入ると必ず、うちのばあさんにも食わせてやる、って持って帰ってた。欣三さんにとってひなちゃんは、気持ちのいい日だまりみたいなもんだったんだと思うよ。ひなちゃんといると、なんとなく楽しい、ウキウキする。そういう気持ちを恋と呼んでもいいよね」

河井は溜め息をひとつ吐いた。

「年寄りが色恋の話をすると、気持ち悪いとかはしたないとか嫌がる人もいるけどね、いくつになったって人間は、誰かを好きだと思う気持ちは持てるものだし、持つべきだと思うんだ。ひなちゃんは、そういう気持ちを素直に持てる、そういう人だった」

「日だまりのように温かくて……魅力的な方だったんですね」

「とても魅力的だった。でも、ただ温かい、というのとは少し違ったな。彼女はあくまで、ひとりで立っていた」

「ひとりで、立っていた……誰にも頼らなかった？」

「いや」

河井は笑った。

「頼れる人には頼り、利用できるものは遠慮なく利用し、甘えられる相手にはとことん甘えていたよ。けれど、その対価は支払わない。図々しいと言えば、あんなに図々しい人はいない。でも、それが気に入らないなら別にかまってくれなくてけっこう、そういうきっぱりしたところがあったんだ。つまりね、こちらの好意も代償を求めるものならいらない、ってこと。彼女は、人としがらみを持つことを嫌った。欣三さんに対しても、特にべたべたと優しかったわけじゃない。自分がひとりでいたい日は、欣三さんが訪ねて行っても戸を開けなかった。でもそういうところが欣三さんにとっては、良かったんだろうな。歳をとって来ると、周囲から変に気をつかわれることも増えて来る。それはもちろん有り難いことなんだが、時にはそれが鬱陶しい、むしろ寂しい、と感じることもある。我儘で複雑だが、仕方ない。年寄りは年寄りになるまでに、たくさんの経験を積み、いろんな思いを抱えている。ちょっとからだが動かなくなっただけで、それをまったく無視されて、まるで子供を扱うように扱われればプライドが傷つく。ひなちゃんはそういう、とても繊細な部分がわかる人だった。欣三さんに対しても、いつも対等な、一人の男として接していた。それって、できるようでいてなかなかできないことだ。ひなちゃんには、相手が年寄りだからこうしなくちゃ、みたいな先入観がなかったのかもしれない。偏見がなかったんだ、どんなものに対しても」

「自由な心の持ち主だったということですか」

「きれいな表現をすればそうなるかもしれない。けど、実際にはそんな言葉よりももっと……近寄り難い自由さだったよ。彼女にはもう、愛する者、がいないんだ。この世界の誰一人、愛する者がいない人生、想像できるかい？　こんな好き勝手な生活をしている俺だって、娘は可愛い。娘を愛している。欣三さんだって奥さんや孫娘を愛している。信平くんだって愛美さんだって、愛する者はいるだろう？　でもひなちゃんにはいないんだ。ひなちゃんの魂は、だから誰にも束縛されない。それを自由と呼ぶのなら、自由、というのは哀しいものでもあるんだろうな。でもひなちゃんは、春になったら戻ります、と書いていた。俺も欣三さんもそれを喜んだし、信じていた。もう今年の春は終わってしまったけれど、それでも、近いうちにひなちゃんが戻って来る、と信じていた」

「欣三さんががっかりしているのも当然ですね」

「魂が何ものにも縛られていない、って、なんだか想像できないです。わたしなんか、いろんなものにがんじがらめにされている気がしています」

「でもそれは、あなたには愛するものがたくさんあるから、ですよ。あなたはいろんな人に対して誠実であろうとしているんだ。だから窮屈だったり息苦しかったりする。でもその窮屈さ、息苦しさこそが、あなたがひとりぼっちではない、という証なんですよ。ひなちゃんは、その意味では、ひとりぼっちだった。彼女はひとりぼっちを選んで生きていた。彼女はもう二度と、失う悲しみを味わいたくなかったのかもしれないね。誰かを愛し、誰かを気にかけて生きるということは、その愛する者を失う不安を常に抱えて生きる、ということでもある。俺はひなちゃんの生き方が羨ましいと思う反面、あれほど哀しい生き方をしている人は他に知らない、とも思った。どちらが幸せなのかわからない。ただ、あなたのような人には、ひなちゃんのような生き方をして欲しくないな。ひなちゃんがひとつの場所に長くいなかったのは、そこでかかわった人に情がうつるのを避けるためでもあったと思う。つまり、ひなちゃんは、もう誰も愛したくなかったんだ」

河井は、コーヒーカップを見つめて溜め息を吐いた。

「彼女が体験した悲しみ、喪失の大きさは、あまりにもおそろしくて想像することすらできない。彼女はそれでも生きていくために、自分の心を守るために、風のように、水のように生きることに決めたんだと思う。彼女は計画をたてることをやめ、約束することもやめてしまった。彼女には、明日、がなかったんだ。未来をいっさい信じず、ただその日一日を生きるだけだった。でもそんなひなちゃんが、春になったら戻って来ると俺たちに約束した。最後に、約束してくれた。その気持ちは本物だったと思うんだ。ひなちゃんは、俺や欣三さんとあの集落で過ごす日々を気に入ってくれていた。春になったらまた戻って来るつもりだった……」

「雛村さんの写真、ないんですか」

信平が訊いた。

「写真？」

「河井さんのお宅にお邪魔した時、カメラがあるのに気づいたんです。デジタル一眼だった。それもフルサイズの。けっこう高いですよね、あのカメラ。俺も欲しいなと思ってカタログ調べたことあるんです」

河井は苦笑いした。

「見つかっちゃってたか。……最近始めてね……若い頃はフィルム一眼でいろいろ撮るのが好きだったんだが。今さらフィルムカメラを使っても、現像するのにいちいち町まで行くのが面倒だし、デジタルに替えた。使ってみるとデジタルも悪くないね。フィルム代がかからないから、失敗しても財布が痛まない」

「あれで、撮らなかったんですか、雛村さんのこと」

　河井は少し考えてから答えた。

「……撮ったよ。……たくさん」

「たくさん！」

「……モデルになって貰った。練習のつもりだったけど、ひなちゃんはカメラを向けるととてもいい顔をするんで、ついついたくさん撮った」

「それを見せていただくことはできませんか」

「それは」

　河井はまた考えてから言った。

「まあ見せるくらいなら、天国のひなちゃんもゆるしてくれるだろう」

　河井はポケットからスマートフォンを取り出した。

「娘が買えってうるさいんで買ったんだ。ライン、とかいうもんが便利だから使えるようにしてくれとも言われたんだが、結局めんどくさいんで何もしてない。ただ、これだと簡単に写真が撮れるんで、これでもひなちゃんのこと何枚か撮った」

河井はスマートフォンに画像を表示させた。

「いい笑顔だろ？　一眼で撮ったのはもっといい笑顔のがあるよ」

信平が画面を見てから、愛美にまわしてくれた。

本当にいい笑顔だ、と愛美は思った。

雛村縁は、地味な顔立ちながら、優しげに少しさがった目尻が印象的な、ふわりとした美しさのある女性だった。まったく染めていない髪は、半分ほど白い。そのせいで実年齢よりも年上に見えるが、肌は艶(つや)やかで若々しい。化粧もまったくしておらず、年齢相応の染みや皺(しわ)もあるのだが、それらすら味わいに感じられる。

その雛村が、カメラに向かって少し照れたように笑っている。

もうこの笑顔の持ち主は二度と笑うことがないのだ、と思った時、不意に説明のつかない深い悲しみが愛美の心にわきおこった。まったく知らない女性なのに、その笑顔を知ってしまった途端、その人の死は愛美の心に喪失感をもたらした。

「きれいな人だ」

信平が言った。

「魅力のある表情です」

「ま、美人、という感じでもなかったけれど、笑うと本当に素敵な顔になる人だった。あんなふうに笑える人が、もう二度と誰も愛さないと心に誓っていたなんて、それだけでも悲しいことだよ」

「写真、見せてください。ぜひ」

「いいけれど、ひなちゃんの写真に随分興味があるんだね」

「と言うか、雛村さん、という人にすごく興味を感じたんです。何ものにも縛られない孤独な魂の持ち主が、人生のいちばん最後の日々を古根子集落で過ごした。それも、晴耕雨読を絵に描いたような日々を。そのことが、俺の頭から離れないんですよ……なんだかすごく、衝撃的だったというか、自分のこれまでの人生について考えさせられたというか」

「生きている間に紹介したかったな」

「ええ、残念です。でも写真を見せて貰えれば、より鮮明にイメージすることができそうです。河井さん、今度のイベントですが」

「商店街の例のイベントだね。うちの集落からも、藁人形とか野菜を出すことになったが」

「物品だけではなくて、写真も出してみませんか」

「写真？」

「シャッター展覧会以外にも、商店街の店舗を利用して独り芝居があるんです。で、他にも店舗利用のイベントができないかと考えていたんですよ。それで、根古万知の光景の写真展はどうかな、と。先日河井さんのところにお邪魔した慎一くん、彼はプロのカメラマンなんです。彼に、根古万知の様々な風景、光景を切り取って貰って、それを展示したらどうかと考えついたんです」

「それはいいんじゃないか。しかし俺の写真なんかは素人写真もいいところだぞ」

「でも、河井さんは古根子集落を知っています。よそ者がニュートラルな目で切り取った光景もそれなりに意味はありますが、そこに住む人が住人の目で切り取った日常は、それ自体様々なことを語りかけて来るものだと思うんですよ。そして……雛村さんの存在は、まさに、河井さんだけが表現できるものです。もう二度と、誰も表現することのできないものです」

「いやしかし、もうひなちゃんはこの世にいないんだよ。ひなちゃんを写した写真を公開していいかどうか、彼女の許可を得ることができない」

「光景の一部、古根子集落のある日ある時、そういう写真ならばどうでしょう。そういうの、ありませんか」

「……たくさん撮ったから、中にはそういうのもあるかもしれないが」

「データを見せてください。お願いします。雛村さんの存在、震災で家族を失い、絶望を超えて風のように、水のように生きていた人が最後に暮らした場所が古根子集落であったということを、何かの形でみんなに伝えたいんです。伝えるべきだと思うんです」

信平はカウンターから身を乗り出し、河井の目を見ていた。

4

あと三日。

愛美はブラシを動かしながら、思った。とうとうここまで来た。三日後が、ねこまちフェスティバルの開催初日だ。

柴山電鉄主催の紙芝居コンテスト、根古万知駅前商店街と専門学校主催のシャッター展覧会、根古万知町農業振興課主催の野菜販売会。それらをまとめて、ねこまちフェスティバルと銘打ち、根古万知町が統括して運営してくれることになった。屋台の出店を登録制にし、ショッピングモールを経営する企業からの協賛もとりつけた。説明会を開いてからは、瞬く間に企画が増えた。商店街側からも正式に、ねこまちフェスティバル実行委員会を発足させ、町の承認を得て信平が実行委員長となった。根古万知町のサイトに公式発表が出ると、地元の新聞やテレビ局から取材され、町民ケーブルテレビではフェスティバル開催まで毎日五分間、準備の模様や企画趣旨の説明などが流され、それにともなって地元の小中学校からは、参加の問い合わせも増えて来た。その対応策として駅前に特設ステージが設けられることになり、小学生による合奏、中学生の劇、N市に通学している地元の高校生からはダンスグループやロックバンド、と、まさに文化祭の様相を呈して来た。

だが、町が主催してくれることになっても、予算は限られている。展覧会用にシャッターを洗う作業は、専門学校生徒と地元ボランティアでしなくてはならない。

長い柄の付いたデッキブラシは、立てて動かすとけっこうな重さで、すぐに腕が疲れてしまった。それでも、長年の埃がこびりついたシャッターを洗う作業は、なんとなく楽しかった。汚れで不鮮明だった店の名前が、ブラシでこすり、ホースで水をかけて洗い流すとその下から浮かび上がって来る。愛美が幼い頃、父や母に連れられて入ったことのある店ばかりだ。

今、愛美が洗っているシャッターには、『さくら手芸店』の文字がある。

「あらま、綺麗になるもんだね」

愛美の後ろに立っているのは、『さくら手芸店』の経営者だった川本夫人。もう十年近く前に店を閉め、今は夫婦でN市で暮らしている。

「年末の大掃除の頃になると、こっちも綺麗にしなくちゃって思うんだけど、ついねえ、面倒で。老夫婦二人じゃシャッター洗ったりするのは無理だし、かと言ってどうせ物置にしている家だし、お金をかけたくないでしょう。人を頼むのもタダってわけにはいかないしねえ」

「おじさん、お元気ですか」

「あちこちガタは来てるけど、とりあえずね、元気にやってますよ。会社を定年になってからも嘱託で働いてたんだけど、それも今年の春に嘱託定年になってね、いよいよ年金だけで生活しないとなんないのよ。まあ年寄り二人、そんなにお金が必要なわけでもないけど、孫に小遣いくらいやりたいのに年金だけじゃねえ。退職金はマンションのローン支払いにつかっちゃったし。ここを売っていくらかでもお金になればいいんだけど、不動産屋に査定して貰っても値段がつかないのよ。倉庫として賃貸にすれば、毎月一、二万くらいは入って来るみたいなんだけど、まだ中に店やってた頃の商品がけっこう入ったままなのよねえ」

「手芸店で売っていたものが、ですか」

「この店閉めてN市にマンション買った時、頭金で貯金なくなっちゃってね、在庫の毛糸とか手芸用品、業者に引き取って貰おうとしたら、もう古いのは引き取れない、処分費用がかかるって言われて、商品処分してお金払うなんてなんだかばかばかしくなっちゃってね。そのうち、バザーに寄付するとかなんとかしないと、って思っているうちにねえ。とにかくそれを処分しないと賃貸にも出せないのよ」

「わたし、小学生の時、おばさんに編み物教えて貰いました、ここで」

「そうだったっけ。あの頃はいつも誰かしら編み物教わりに来てたもんね。この根古万知で編み物やってる人のほとんどが、わたしかわたしの母親にここで習った人だわよ。なにしろ教えるのに授業料みたいのは一切、貰わなかったから」

川本夫人は笑った。

「その代わり、うちで毛糸や編み棒買って貰ったけどね、教えた人には。愛美ちゃんには何を教えたかしらね」

「かぎ針編みで、モチーフの編み方教わりました。それを繋げるとストールにもベッドカバーにもなるのよ、って。でもわたし、根気が足りなくて、結局短いマフラーみたいなの作っただけです」

「あのモチーフ編みは、あの頃女の子の間で流行ってたのよね。うちの店にも毎日、愛美ちゃんくらいの女の子が来て編み方習ってたわ。懐かしいわねえ。今の子供たちも編み物なんかするのかしら」

愛美も当時のことを懐かしく思い出した。クラスで編み物が流行り、母親が編み物上手でいろいろと教えて貰える子が羨ましかった。愛美の母は編み物が得意ではなかったのだ。その母が、さくら手芸店に愛美を連れて行ってくれ、川本夫人に、愛美に編み物を教えてくれるよう頼んだのだ。見本のモチーフ編みを一枚見せて貰った時は、とてもこんなものは自分にはできない、と思った。けれど、川本夫人の言葉を必死で追いかけて夢中で手を動かすうちに、いつの間にか、美しいモチーフ編みが出来上がっていた。

「ここはね、もともとはわたしの母親が始めた店で、わたしもここで育った家だったから愛着はあったけど……知ってるわよね、わたしの母の生まれたとこが佐倉だ、って」

「おばさんが昔、話してくれました。『さくら手芸店』のさくら、は、花の桜じゃなくって、千葉の佐倉だ、って」

「母は千葉からこっちに嫁いで来て、父の実家で暮らしていてね、お姑さんにすごくいじめられて辛かったんだって。それで父に頼みこんでここを買って、ようやく二人きりで暮らせるようになった。母はその時、すごく幸せだったんでしょうね。店の二階はたった二間しかないけれど、親子三人そんな狭いとこで暮らすのも、けっこう楽しいものだった。……わたしが結婚する前の年に母が急死してね、父はだいぶ前に亡くなってたし、それでわたしが一人でこの店やってたんだけど、結婚してもこの店を離れがたくて、婿養子でもないのにうちの人と二人、ここで暮らしててね……だから余計、どんどんお客がいなくなるのが耐えられなかった。商店街も、ひとつふたつと歯が抜けるみたいに店が減って……」

川本夫人の声が、少しくぐもった。涙がこみあげて来たのだろう。

「……うちの人が勤めていた会社の根古万知営業所が閉鎖になった時、潮時だな、って思ったの。でも良かった……こうやって洗って貰って、ちゃんと店の名前がわかるようになって。この商店街に『さくら手芸店』があったことが、夢じゃなかったんだ、現実だったんだ、って……」

「夢なんかじゃありません」

愛美は言った。

「わたしの記憶にもちゃんと残っています。わたしもこの商店街で、たくさん想い出を作ったんです。わたしも……このまま忘れてしまいたくないんです。たぶんそれが、わたしが商店街の再生に走りまわっている理由です」

愛美は力をこめてブラシを動かした。

「時代は変わります。もうこの商店街が、かつてのような輝きを取り戻し、店がいっぱい並んで買い物客で溢れている、そんなことは起こらないのかもしれません。いえ、起こらないでしょう。でも、わたしたちの記憶の中にあの頃の商店街が残っている限り、ここを忘れたくない。失いたくないんです。どんな形でもいいから、この通りに人が来てくれる形にしたいんです」

「でもシャッターに絵を描いたくらいじゃ、人は戻って来ないでしょう」

「おばさんはこうして戻って来たじゃないですか」

「だってそれは、ここがわたしの家だから」

「まずはそこからだと思うんです」

愛美は笑顔で言った。

「この商店街、シャッターが降りたままのお店もほとんど、持ち主は変わっていません。昔ここでお店をやっていた人たちが、今でもオーナーです」

「それはねえ、そりゃ、売却できないもの、現実問題として。倉庫以外の使い道もないから借りてくれる人もいないし」

「だったら時々でいい、思い出して、そして帰って来て貰えたら。そこから始まると思うんですよ、この町の再生って。商店街だけじゃなくて、町を出て行った人たちがお正月以外でもここに戻って来るきっかけが作れれば」

「そうね、ねこまちフェスティバルが成功したら、また来年もこのフェスティバルに合わせて里帰りしよう、って思う人はいるわね」

「そして、これからこの町を出て行くことになる若い人たちには、この町で忘れられない楽しい想い出をつくって貰う。そうすれば町を出て都会で暮らしていても、きっとフェスティバルの時に戻って来てくれる。新しい家族を連れて来てくれる。……もしかすると、いつか家族と一緒にこの町に戻って暮らしてくれるかも……まあそこまで楽観的なことばかりは考えてませんけど、でもとにかく、里帰りの理由を一つ増やせるだけでもいい、そう思うんです」

「あ、ありがとうございまーす」

明るい声に振り返ると、インド綿のたっぷりしたワンピースに紫色のスパッツを組み合わせた、個性的な若い女性が立っていた。

「あとは自分でやりまーす」

「自分で？」

「はい、このシャッター、あたしの担当なんです」

「あ、じゃ、ここに絵を描くのはあなた？」

「はーい」

短く切りそろえたおかっぱ髪が、女性の動きにつれて揺れる。

「たちばな美術専門学校デザインアート科二年、田辺由実です」

田辺由実は、透明なレインコートを着込み始めた。

「クリーニングもあたし、やります」

「いいんですよ、シャッターを綺麗にするのは実行委員会の責任ですから」

「いえいえ、このシャッターがあたしのキャンバスになるんですから、クリーニングから始めさせていただきまっす！」

田辺由実は元気良く言うと、愛美の手からブラシを奪って威勢良くシャッターをこすり始めた。

「やっぱりいいわねえ、若い女の子って。この商店街に、こんなに若い子がいっぺんに来たの、何年ぶりかしらね」

川本夫人は楽しそうに言う。いつのまにか、専門学校生が二十人以上、商店街にやって来ていた。実際に展覧会に参加する学生は七人ほどのはずだが、手伝いやら応援やらひやかしやら、とても賑やかだ。

「どんな絵を描くんですか、ここに」

愛美の質問に、田辺由実はブラシを動かして丸い円を描いた。

「太陽でーす」

「太陽！」

「そう、めいっぱい太陽！　あたし、二年間、太陽ばっかり描いてたんです」

「太陽が好きなんですね」

「大好きです。でもただ好きだから描いてたんじゃなくて、太陽を描くことで地球や人や動物、植物、すべてを表現できるから、太陽にこだわったんです。この展覧会が終わったら本格的に就職活動するんですけど、就活用のデザインブックも太陽ばっかりなんですよねー」

「就職はN市で？」

「いいえ、東京に行きます。姉が東京で暮らしてるんで、貯金できるまでそこに居候するつもりなんです」

「やっぱり東京に出てしまうんですね」

「ほんとは専門学校から東京に行きたかったんです。でも両親が反対して。今でもまだ、地元で就職しろってうるさいんですよ」

「それでも、東京がいい？」

由実はうなずいた。

「東京のほうが好きなわけでもないし、東京のほうがこっちよりいいところだなんて思ってもいないんです。でも、やっぱり、若い時に一度は東京を見たい、知りたい、暮らしてみたいんです。デザインの仕事していく上で、東京を知らないのはだめなんじゃないか、って思うんです。いずれ夢破れて戻って来るにしても、人生で一度は東京で生きた、そのことが、きっと重要なんじゃないかなって。えっと、あの、お姉さんは」

「あ、ごめんなさい、島崎愛美と言います。実行委員会のお手伝いをさせていただいてます」

「島崎さんは東京で暮らしたことありますか」

「……ええ」

「楽しかったですか」

「そうですね……楽しいことも、ありました」

「でも、戻って来た？」

「はい。……今は戻って来てよかった、と心から思っています。でも、東京で暮らしたことを否定する気はないです。あれはあれで、わたしにとっては大切な時間でした。田辺さんもきっと、かけがえのない経験をされると思いますよ」

「でも、戻って来てほしい、ですか。あたしたち若い者が出て行くの、反対ですか」

愛美は首を横に振った。

「現実に、この町には仕事がありません。N市にしたところでデザイン関係の働き口はとても少ないでしょうね」

「少ないです。ほとんど、ないです。学校出ても専門と関係ない事務の仕事とか派遣登録とかになっちゃいます」

「仕事がない以上、仕事のあるところへ向かうのは仕方ない、当然の選択です。だから反対なんかしないいし、できません。それでもいつか……歳をとってからでもいいから、戻って来て欲しいと思うんです。……戻りたい、と思って欲しいんです。ねこまちフェスティバルは、そのために成功させたいんです」

十章　祭りは続く

1

てるてる坊主を吊るした窓から朝の空を眺める。願いはむなしく、泣き出しそうな曇り空だった。天気予報では曇り時々雨、午前中の降水確率は四十パーセント。

だがまだ時間はある。フェスティバルの開幕は午前九時、あと四時間。まだ夜も明け切っていないのだから、これから天候が回復することだって考えられる。

愛美は顔を洗い、トーストを焼いた。いつもは朝食をバナナ一本で済ませてしまうことが多いけれど、今日はしっかりと腹ごしらえしておこう。

ノンちゃんはいつもと変わらず、愛美が起きてがたがた動きまわっていても気にせずに寝ている。ノンちゃんのお気に入りの寝場所は、愛美の枕の横だ。

支度を済ませてから、ノンちゃんをそっと抱き上げた。ノンちゃんはぐたっと半分寝たままで、いつものようにキャリーケースに入ってくれた。ノンちゃんの朝御飯は、駅に着いてからだ。毎日、塚田恵子が特製の朝御飯を用意して来てくれる。鶏の胸肉や白身の魚を使った贅沢でヘルシーな猫御飯。恵子はノンちゃんのために、猫の健康食レシピをインターネットで調べて作ってくれている。

五時四十分、約束の時間ぴったりに、アパートの前に車が停まった。

「おはようございます。すみません、わざわざ」

「おはよう。いよいよだね」

慎一の笑顔で、愛美の心にも「いよいよ」という実感がわいて来た。

「お天気、保つでしょうか」

「微妙だな。雨対策はしといたほうがいいだろうね」

「降ってほしくないです。やっぱり雨だとお客さんも減ってしまうでしょうし」

「大丈夫、きっと天気、保つよ。僕らの気持ちが天に通じると信じよう」

早朝だが、農作業に出る軽トラックと何台かすれ違った。慎一は知った顔を見ると手を上げて挨拶し、愛美はフェスティバルのチラシを顔の前に上げた。皆、笑顔で、行くよ、という合図を送ってくれた。

過疎化の波に洗われて、次第にばらばらになりつつあった根古万知の町が、とにかく今日再び一つになる。そのことだけでも、ねこまちフェスティバルを開催する意味はあるのだ。お祭りを開いたくらいで過疎が止まるわけではないし、若者たちがこの町を出なくて済む状態にはならない。仕事がない、というどうしようもない現実の前には、ねこまちフェスティバルなど単なる気休めに過ぎない。だがその気休めが町の人々の胸にひとつの想い出を作れるのなら、その想い出が誰かをこの町に引き留め、誰かをこの町に呼び戻すかもしれないのだ。愛美自身が結婚生活に破れた時、父が暮らす商店街で幼い日々を過ごした想い出にすがって、この町に戻って来たように。

実行委員会の待機所は駅前広場の隅に張られたテントの中だった。ノンちゃんが塚田恵子が持参した「特製朝御飯」を食べている間に、愛美は売店前に置かれた「ノンちゃんボックス」の仕上げにかかった。いつもは誰でも撫でたい人には撫でさせてあげるノンちゃんだが、フェスティバルの間は人が多すぎるので、ノンちゃんの安全確保のため、大型犬用のケージに入って貰う。ノンちゃんは人がいないと寂しがるので、一時間交代で誰かがケージに一緒に入ってノンちゃんの相手をしたり、見物客と会話したりすることになっている。そのケージにペーパーフラワーを貼り付け、モールで飾り、ノンちゃんボックス、と看板をつけた。雨対策のため、ノンちゃんボックスもテントの中に置く。さらに、質問箱、と書かれた箱も設置した。見物客がノンちゃんへの質問を書いて入れると、ケージに入った係の人がそれを読み上げて回答する。

快晴の天気予報ならば、テントの下に置かずに済むのに。せっかくの可愛らしい飾り付けも、テントの屋根の下では暗くくすんで見える。

七時からは実行委員会の最終打ち合わせ、八時には、ボランティアスタッフへの説明会が始まる。

開会式は九時スタート。愛美はフェスティバルの間、各ブースや店をまわって何かトラブルが起きていないか確認する係になっている。不安は多々あるけれど、心配ばかりしていても始まらない。とにかく怪我人が出るような事故と、食中毒だけは回避しなくては。

食べ物の販売に関しては、町の保健衛生課が管理を担当してくれることになった。調理はすべて、前日と当日に公民館の調理室で一斉に行われた。欣三の妻も、得意のおはぎを山ほど作ったらしい。全員にマスク、髪をまとめるキャップ、使い捨ての調理用ゴム手袋を着用してもらい、素材にどの程度火を通したらいいか、保冷剤の使用法などもしっかり指導してくれた。中毒が起こる可能性の高そうな食べ物は販売しないし、まず大丈夫だろう。

愛美は全体の八割程度文字で埋まったノートを取り出した。実行委員会が発足してから、ありとあらゆる新情報、決定事項などを書き記したノートだ。あと少し、残りの白いページに、今日、自分の目で見て耳で聞いたこと、考えたことなどが記される。だがその前に、チェック事項の確認。それぞれのブースや店の責任者の名前の復唱。ひとりずつ、顔も思い出そうとして目を閉じる。参加申しこみに来てくれた時の顔、参加者説明会での顔、そしてこれから、その人たちの「今日の顔」と出逢うのだ。

＊

開会式が始まる頃、とうとう雨粒が落ちて来た。それでも開会式の時点ですでに百人を超える町民が集まっていた。九時半に、シバデンの広報課長の挨拶で、まずは紙芝居コンテストが幕を開けた。

特設ステージは広場の中央に設けられていて、紙芝居コンテストの合間に地元の高校生バンドが数組、二曲ずつ演奏する。ステージの前に置かれた客席用の折り畳み椅子は百席分だが、立ち見のスペースも広くとってある。紙芝居は小さいので後方からは見えにくいだろうと、信平のアイデアで、動画撮影したものをそのままテレビ画面に流すことになり、客席の真ん中あたりに大型テレビがモニターとして置かれていた。なんと町長からの借り物の、五十インチ。だが小雨が降り始めたのでモニターはビニールシートで覆われてしまった。透明なビニールとはいえ、とても見にくい。

愛美は恨めしい思いで空を見上げた。半分ほど埋まった客席の人々も、雨合羽だの傘だのを取り出し始めている。このまま雨が強くなれば、電子機器やギターアンプなどが使えなくなり、高校生の演奏会は中止せざるを得ないだろう。紙芝居コンテストは商店街のアーケードの中に移して続行することに決めてあるが。

晴れて。お願い、雨、あがって。

愛美は空を睨み、思わず両手を合わせて祈った。その祈りが通じたのか、十時を過ぎる頃、小雨はやみ、雲が切れて突然、日がさして来た。十時からは物品販売が開始される。

愛美は、古根子集落の参加ブースに向かった。物品販売ブースは広場を取り囲むように張られたテントの中だ。

テーブルの上に並べられた野菜、佃煮や梅干し、栗の甘露煮。そして藁で作られた味のある素朴な人形。人形には赤、青、黄色のスカーフのようなものがそれぞれ取り付けられていた。

「おはようございます」

「ああ、おはよう。雨、上がってよかった」

「はい、ほんとに。雨が強くなるとステージで演奏ができなくなるんです。高校生たちがとても楽しみにしてくれているんで」

「パンクロックもあるのかな」

「パンク、お好きなんですか」

「ロックはパンクです。他のものに興味はない」

河井は笑った。

「だけどあそこでパンク演ったら町の人たちからうるさいって怒鳴られそうだな」

「参加希望グループには、当日演奏する曲のデモテープ、送って貰っているんです。高校生ぐらいだと歌詞を過激にしちゃってる子たちもいるだろうから、って」

「なんだ検閲ですか」

「町が協賛することになったので、いろいろ制約が出てしまって」

河井は、ふん、と鼻を鳴らした。

「ま、大学祭じゃないですからね、大人の事情もからんでは来るでしょう」

「すみません、力足らずで」

「あんたが謝るようなことじゃない。ここまでやっただけでも、わたしはあんたたちを見直したんですよ。正直、町おこしのために文化祭だなんてふざけたこと言い出して、実現できるわけがない、と腹の中で馬鹿にしていた。だがあんたたちは、とにかく祭りを始めたんだ。その結果何が起こるか、この町がどうなるかはまだわからないが、何かを始めることは誰にだってできる、ってことを示しただけでも、すごいことです」

河井は藁の人形をひとつ手に取った。

「こんなものを可愛いと思うなんて、女性というのは不思議な感覚をしているもんだな。でも可愛いと思って見ていると、可愛く思えて来るのも面白いもんだ」

「そのスカーフ、いいですね」

「スカーフ？　ああ、これか。これは地蔵のよだれかけです」

「あ、よだれかけ……」

河井は大笑いした。

「まあなんでもいい、スカーフだと思ってもかまわんですよ。もともとこれが何なのか俺にもわからないんだから。だがせっかく売るんだから、ちょっとくらい商売っけを出してもいいかと思ってね、こういう布をちょっとつけただけでも、いくらか華やかに見えるでしょう？」

「とてもいいと思います。わたし、ひとつ欲しいです。夏に使うカゴバッグに付けたいです。買わせていただいてもいいですか？」

「ひとつとっといてあげますよ。まあこれが全部売り切れるなんてことは、まずないと思うが。何色がいい？」

「それじゃ、黄色を」

2

「あ、可愛いな、それ」

振り向くと慎一の笑顔があった。

「そんなふうにお洒落に作ると、人気出そうですね」

「こんなもんが売れるなんて思えんが、まあ作ってしまったんで売れてくれるといいね」

「河井さん、本当にありがとうございました」

慎一が頭をさげた。

「古根子集落から、山菜やきのこの瓶詰が届いて、売店も賑やかになりました。栗の甘露煮は並べる前からスタッフに人気で、自分たちで買いたいって言ってます」

「スーパーで買うよりはだいぶ安いからね」

「集落の人たちをまとめてくださって、河井さんのおかげです」

「わたしは何もしてませんよ。集落のみんなも、たまには賑やかなところに出て楽しくやりたいと思ったんでしょう。じゃ、わたしはみんなのところに行って販売の手伝いでもして来ます」


「愛美さん、ちょっとだけ時間、ある？」

「あ」

愛美は腕時計を見た。

「巡回の当番まであと十五分くらいなら」

「じゃ、ちょっと行こう。商店街の店舗展示に、素敵なもの見つけたんだ」

慎一が愛美を連れて行ったのは、ねこまちの歴史館、と看板が掲げられた店だった。

「ここは、町役場が作った展示スペースね……」

店舗部分は物置にしたまま二階で暮らしている井上夫妻の住居で、かつては靴屋だった場所だ。シャッター展覧会に利用しない空店舗の一つを町が借りて、古い写真をパネル展示している。炭坑のあった頃のものがほとんどで、今の状況が嘘のように賑わっている根古万知駅前や、人でごった返す商店街の写真が大きく引き伸ばされて展示されていた。

「僕らが見ても懐かしいと思う時代のものあるけど、それを通り越して、まるで見知らぬ町みたいに見えるのもあるね……あれなんか、駅前広場の写真なのに、映画のセットみたいだ」

慎一が指さしたパネルには、木造駅舎が写っていた。確かに今でも駅前にはロータリーがあるが、木造だった時代にはただの広場になっていて、なんと馬車が停まっている。

「こんな古いネガ、よく残ってたなあ……あっちのはオート三輪だ！」

「わたし、走っているのは見たことがないです」

「僕もないなあ。でも八〇年代まではあったと思う」

「あ」

愛美は、隣りのブースに小走りで近寄った。

「これ！　河井さんの写真ですよね！」

そこに貼られているパネルは、確かに古根子集落の写真だった。

「河井さん、写真うまいなあ。プロはだしだ……これが雛村さん……」

いくつかのパネルに、雛村が写っていた。顔がはっきりわかるものはなかったが、畑にたたずんでいたり、桜吹雪の中に立っていたり、どれも雰囲気のある写真だった。

「雛村さんは、阪神淡路大震災でご家族を亡くされたんだよね」

「ええ」

「ひとりになって、彼女はそれまでの人生で手に入れたものをすべて手放し、身軽になってさすらいの旅に出た。そして古根子集落で最期をむかえた。……人の運命は、誰にも予測できない。でも、人生の最後を、気に入っている場所でむかえられたら、幸せでしたね、と言ってあげてもいい、そう思うんだ」

慎一はパネルに顔を近づけた。

「どんなに悲しい目に遭ったとしても、どれほど苦しい一生だったとしても、この人は最後に、自分が気に入った場所で……山に囲まれた静かな場所で暮らした。河井さんや欣三さん、気の合った人と、とてもシンプルで自由な日々をおくった。だからきっと、この人は今、安らかに眠っていると思う」

人が入って来る気配がした。

「ここ、もう見学してもいいですか？」

「どうぞお入りください」

愛美が言うと、学生のグループが賑やかに入って来た。二人は外に出た。

「今の人たち、この町の人じゃないね」

「どこから来てくれたのかしら。でも良かった。雨もあがったし、遠くから来てくれた人もいるみたいで」

「愛美さん、『風花（かざはな）』の仕事はしばらく続けるつもり？」

「え、ええ……本当は、フルタイムで働ける仕事を見つけないといけないんですよね。『風花』でバイトをさせて貰っているのは信平さんの好意なんです。今のあの店は、ほんとのこと言えば信平さん一人でもなんとかなるし、わたしもいつまでも貯金の取り崩しでは生きていかれませんから。でもN市まで通うつもりで探さないと、見つからないと思います」

「そのことなんだけど……実は、町役場の観光課課長さんから相談を受けてるんです。このことは信平さんも知ってることなんだけど。町としてはねこまちフェスティバルを年に一回の恒例行事にしたい。そのためには、今回のフェスティバルが終わったあとすぐに一年後に向けて準備を開始しないとならない。でも正直、役場は人手不足で、専門の部署を設（もう）ける余裕はない。で、企画を外注したいと思ってるらしいんです」

「外注……どこかのイベント会社とかに、ですか」

「ええ、でも、イベント会社に頼むと高額になるでしょう。落札方式にすることも考えたけれど、それよりも、今回のフェスティバルの企画発案者、つまり商店街と実行委員会の人たちに、引き続いて来年度以降もお願いできたらそれがいちばんいい、ってことになったらしいです。まあその、ちょっと図々しいというか」

慎一は笑った。

「何より節約したいのはお金だ、ってことですよね。でも今回は町が最後に協賛になったことでいくらか予算がついたけれど、ほとんどの部分はボランティアです。僕らも持ち出しでやった部分は少なくない。町としては、次回以降はちゃんと予算を組んで、我々が自腹を切るようなことにはならないようにする、って言ってるんです。そのかわり、我々のグループを会社登録して貰えないか、って」

「会社に……」

「業者相手なら予算計上もしやすいし、何かあったら業者として責任とらせればいい、ってことでしょうね。そのあたり、町の言いなりになるとあとあと大変だと思うんで、よく検討したほうがいいですが、でも例えば、愛美さんが会社を創り、我々実行委員会がその会社に企画などを発注する、というのはできるんじゃないかと」

「わたしが……会社を？」

「フェスティバルだけではなく、ねこまちグッズやお土産品の企画なんかも手がければ、なんとか商売としてやっていけるんじゃないかな、って」

「でもわたし、そんなノウハウは」

「ブレーンは僕が集めます。なので考えてみて貰えませんか。とりあえず来年のフェスティバルは今回の実行委員会がそのまま存続して担当する、ってことで町との話はまとまると思うんです」

「会社を経営するなんて、自信ありません。でも、ねこまちフェスティバルが来年も再来年も続くためなら、なんでもしたい」

いつの間にか商店街は人で一杯になっていた。昨日まで、学生たちが準備していたシャッター展覧会も盛況で、イラストの描かれたシャッターの前には人だかりができている。

太陽の絵も完成していた。シャッターにラッピングシートを貼り、その上からアクリル絵具で描いたらしい。

「たった二日で描いたのね！　すごい……」

「プリントしたものを貼り付けるのかと思っていたんだけど、やっぱり絵筆の味わいがあるほうがいいね」

営業している店の前にも人が集まっている。国夫のラーメン店は広場で屋台営業するため、閉めているが、フェスティバルの会場案内図が閉まったシャッターに貼られていた。

「今ごろ、お父さん、中で仕込みに大忙しだね。少し手伝おうか」

「昨夜父と電話で話したけど、婦人会の人が何人か手伝いに来てくれるって言ってました。なので大丈夫です」

「愛美さんはこのあとどこの担当？」

「担当は全体なんですけど、十時からステージで高校生バンドの演奏が始まるので、何かトラブルがないか見守ります」

「さっきの話なんだけど」

「……会社経営なんか、わたしには無理だと」

「僕も手伝います。信平さんも一緒にやってくれると思うし、経理のことは東京時代の知り合いに税理士もいるから、その人に見て貰える。ネットで帳簿のデータを送ればいいし」

「でも……」

「僕は、やるべきだと思う」

慎一は言った。

「あなたならできます。きっとやれる。口幅ったいけど、僕がそばにいます」

慎一は立ち止まり、愛美を見た。

「僕、決心したんだ。今度こそ日本に腰を落ち着けます。しばらく海外での仕事はせず、国内で撮ります。今日のフェスティバルでこの町の人たちを写真に撮る、そして、これからはこの国の人々を撮る仕事がしたい」

慎一は言った。

「今日は僕のカメラマン人生、再スタートの記念日にします。僕はもう逃げない。この町で、ここの地に足をつけて生きていきたい。できれば……あなたと」

わたし……と。

これは告白なのだろうか。

愛美の頭の中に、様々な景色が細切れにあらわれ、消えた。失敗してしまった結婚生活のかけら。甘くて苦い、想い出。

わたしにもう一度、できるだろうか。誰かを愛し、その人と共に生きていくことができるのだろうか。

それでも、愛美はうなずいていた。

しっかりと前を、慎一を見つめて。

3

慎一の告白の重さを忘れようと、愛美は忙しく歩き回った。高校生バンドの演奏準備を手伝い、演奏が始まると物品販売のブースに行って売り子を手伝った。販売が一段落したところで紙芝居コンテストの第二部がスタート、さらにノンちゃんのテントにたくさんの人が押しかけていたので、トラブルにならないようテントの前にロープを張って、物品販売ブースで油を売っていた塚田恵子を引っ張って来てマイクを持たせた。いきなり仕切り役を押し付けられても恵子は堂々としたもので、すぐに観客の笑いを引き出しながらノンちゃんコーナーを仕切り始めた。

雲の間から薄日がさしてはいるが、まだ空には雨を含んでいるらしい暗い色の雲がある。なかなかすっきりとは晴れてくれない。けれど湿度は高く、愛美は汗びっしょりになっていた。実行委員の控えテントでお茶のペットボトルをもらい、半分ほど一気に飲んだ。パイプ椅子に座って休むと、途端(とたん)に慎一の言葉が脳裏に甦(よみがえ)って来る。

「お疲れ。愛美ちゃん、はりきり過ぎてないか、大丈夫?」

信平が頭にタオルを巻いて現れた。信平も汗だくだった。

「信平さんこそ、明け方までステージの飾り付けとか、展示コーナーの準備とかしてらしたんでしょう。無理しないでくださいね」

信平もペットボトルからごくごくと茶を飲んだ。

「なんとかこのまま、夜まで降らないでいてくれるかな。天気予報だと夕方から降水確率が下がるんだが。花火を楽しみに来てくれた人もいるだろうしな」

「花火の打ち上げが決まったのはポスターができたあとでしたから、知らない人も多いかもしれませんね。シバデンのサイトにはすぐ出して貰ったんですけど」

「まさか花火なんか打ち上げられるとは思ってなかったな。そんな金、どこにもないもんなあ」

「広告代理店の力ですね。ＣＭのラストに、花火を見上げる生徒さんたちの様子を入れる案を出したら、美術学校が予算オーケーしたんだそうです」

「なんだか、一度転がり出すといろいろ大事になって行くなあ。調子に乗ってると落とし穴にはまるから、今回のイベントが終わっても、いろんな誘いにほいほい乗らないよう、商店街のみんなに釘さしておかないとな」

「商店街のために何かやりたい、って話していたのが、遠い昔のことみたいですね。まだほんの数ヶ月前のことなのに。ノンちゃんが根古万知に来てから、眠っていた何かが目を覚ましたみたい」

「このイベントが終わったらどうするか、もう決めた？」

「え？」

「慎一くんに提案されただろう」

「……この町をＰＲする会社のこと……もしかして、信平さんのアイデアなんですか」

信平はとぼけるようにまた空を見上げた。

「悪い話じゃないと思うんだ」

「……わたしに会社なんかできるのか……自信ないです」

「資金のことだったら心配しなくていいよ。出資者は俺が集める。小さな事務所ひとつと、パソコンに机、そんなもんで始めればいいんだから、金はかからないさ」

「でも出資していただいてもし失敗したら」

「返せないような金は借りないから」

信平は笑った。

「取引先は役所だ、堅い商売だよ。それにシバデンも協力してくれることになると思う。

シバデンの広報課は乗り気だよ。この町のＰＲはすなわち、シバデンのＰＲにもなるからね」

「どうしてわたしなんでしょうか。信平さんが自分でやってみればいいのに……」

「今度のイベントは愛美ちゃんが言い出しっぺで、そして成功させた」

「まだ終わってないです」

「うん、でももう成功してる。あいにくの雨だったのにこの盛況だ、Ｎ市から根古万知まで、シバデンがずっと満員で、臨時列車まで走った。この町にあれだけ人が集まったのは何十年ぶりだろう。愛美ちゃんのおかげだ」

「わたしはたいしたことしてません。信平さんや慎一さんが」

「いや、君のおかげだ。君にはその力がある。君はいつのまにか俺や慎一くん、それに商店街のみんなをその気にさせた。ほんとのこと言えば、俺はもう根古万知を昔のような賑やかな町にすることはできないだろうと諦めてた。イベントに賛同したのも、一種の想い出作りみたいなつもりだったんだ。何もしないで敗北するのはつまらないから、とにかく何かやりたかった。そしてそれが終わったら……店を閉めて、ここを出て行くつもりだった」

「……信平さん……」

「君も知っての通り、あの店の売り上げは悲しいくらい少ない。家賃を払わなくていいから俺一人が食っていくくらいはなんとか利益が出てるので、まああの商店街の店としてはあれでも成功してるほうだけど」

信平は笑った。

「でもそれだっていつまで続くか。あのままだったら続けられてもあと二、三年ってとこじゃないかな。頼みの綱だった農協さんも、移転が決まっちゃった。ま、農協の移転まで経営が持たないかもしれないが」

「……すみません、わたしがアルバイトなんてさせてもらってるから」

「それは関係ない。俺一人ならランチメニューを毎日替えるなんてとてもできないよ。ナポリタンとドライカレーばっかじゃ、ランチに人が来なくなる。愛美ちゃんがこの町に帰って来なくても、どのみちアルバイトは雇うつもりだったんだ。でも、そうやってなんとか手当てして地味に商売しているだけじゃ、やがて来る終焉を待つばかりだろう？　商店街の臨終を見届けるのも俺の義務なのかな、なんて思うこともあったけど、やっぱりそんな気の滅入るものは見たくないしな。で、適当なところで店を畳んで、何か他のことをやってみようか、なんて考えていたんだ」

「何かしたいことがあるんですか」

「いや、ただ漠然と、残りの人生をそれに捧(ささ)げてもいいような何かを見つけたかった。俺も今年もう四十二だからなあ。男も日本人の平均寿命は八十を超えたんだっけ？　それでも人生はもう折り返しちゃったわけだ。残り半分を切って、そろそろ死に方を意識して生きようかと思ってさ。あの喫茶店のマスターとして溶(と)けるみたいに死ぬのも悪くはない、悪くはないが、なんか、寂しくてな」

「……信平さんがいなくなるなんて……そんなの……嫌です」

　愛美は泣き出しそうになるのを堪えた。

　信平は笑った。

「いや、だから、やめた」

「……え？」

「店畳むの、しばらく延期することにしたんだ。愛美ちゃんのおかげだよ。商店街を復活させる、なんて、ある意味不可能なことだろう。その不可能なことに向かって、決して大げさに突撃をかけるんじゃなくて、駅の階段でものぼるみたいに着実に少しずつ近づいて行こうとする愛美ちゃんを見てて、何もやらずに、やる前に全部がわかってるみたいな顔して諦めていた自分が恥ずかしくなった。愛美ちゃんがＰＲ会社をたちあげることに協力してくれるなら、俺はあの店をやりながら愛美ちゃんのサポートにまわろうと思う」

愛美は戸惑(とまど)っていた。夢物語にしか思えなかった話なのに、信平は本気だ。自信がない、なんて言い訳では信平は納得しない。

「愛美さん」

スタッフが走り寄って来た。

「食べ物が全部売り切れちゃったんです」

「全部？」

「はい、全部です。どうしましょう。何か食べるもの売ってないのかってみんなに訊かれて。婦人会が作った稲荷(いなり)寿司も、欣三さんの奥さんのおはぎも、愛美さんのお父さんのとこのラーメンも品切れです。信平さんが提供してくれたねこまち甘夏のケーキも完売です」

「見通しが甘かったかな」

信平は頭をかいた。

「食べ物は失敗するとあとが大変だし、衛生面の問題もあるから絞(しぼ)っちゃったんだよな」

愛美は時計を見た。まだ午後二時を過ぎたところだった。

「お昼御飯食べ損(そこ)ねた人たちは、お腹すいて帰ってしまうかもしれないですね。これから一人芝居とか、花火とかあるのに」

「でも今から食べ物の調達は無理だぞ。ショッピングセンターに買い出しに行って、包装されてるパンみたいなもんを配るくらいはできるけど」

「商店街にもスーパーはあります！」

愛美は走り出した。まず父の店に飛びこみ、湯を大量に沸かして貰う。父は屋台で用意した麵もスープも売り尽くして店に戻り、疲れ切った顔でカウンターに座っていたが、愛美の説明を聞いて慌てて特大の薬缶を取り出した。父の店を手伝っていた婦人会の女性も、愛美の頼みをきいて店から走り出る。

愛美はシャッター展覧会の見物客でごった返す商店街を走り、『スーパー澤井』に飛びこんだ。『スーパー澤井』も、陳列棚のほとんどが空っぽになっている。澤井晋太は飲み物を買う客の列をさばくのに必死の形相だった。レジの列が途切れた隙に愛美が澤井をバックヤードに引っ張って行った。

「弁当いつもの倍仕入れたのに、あっという間に売り切れちゃったよ、愛美ちゃん。三倍仕入れれば良かったなあ。菓子もほとんどなくなっちゃって、この分だとあと一時間もしたら閉店しないと」

「食べ物が足りないんです。お昼を食べてない人たちがお腹すいて帰ってしまいます」

「そんなこと言われても、うちにももう弁当とか、ないよ」

「カップラーメン、ありますよね」

「そりゃあるけど、お湯がないと食べられないよ。うちはお湯沸かすスペースないからなあ」

「お湯は父が今沸かしてます。ポットは婦人会が借り集めてくれてます。割り箸はありますか」

「売物ならあるけど」

「実行委員会で買い取ります」

「いやいいよ、箸くらい提供するよ。じゃあ、店の前にテーブル出して、そこでお湯入れて貰おうか」

「はい、お願いします！　わたし、広場に案内出して来ます。『スーパー澤井』でカップラーメンが買えます、って」

「なんか手伝おうか」

声をかけて来たのは、『バーバーかとう』の加藤壮二だった。

「陽吉んとこの、昭和の文房具詰め合わせセット、ばか売れしたんだよ。今まで販売手伝ってたんだけど、最後の一セットまで綺麗に売れちゃったよ。昔なつかしいクレヨンとか三角定規とか、下敷きなんかさ、売れ残りのデッドストックを詰め合わせただけなのに、なんであんなもんが売れるんだろうな」

壮二は笑った。

「そうそう、お客さんに、ねこまちなのに猫の文房具は置いてないのか、って何度か訊かれたな。来年やる時までに、イメージキャラクターみたいなの作ってさ、ほらあの猫駅長の、グッズ販売しないとな」

「陽吉んとこに長テーブルないかな。俺んとこは一つしかないんだけど」

「長テーブルなら、幸太郎んとこにあんだろ。俺、借りて来てやる。『ねこまちフラワー』もそろそろ売り切れで閉店だろうしな」

「花屋が何売ってんだよ、こんな祭りで」

「なんか花を一輪ずつラッピングしてあるんだよ。ほら広場のステージで地元のガキらがバンド演奏してんだろ、あの子らに向かって投げてんだよ、みんな。フィギュアスケートの選手が試合のあとで花投げこまれて拾うみたいにさ。幸太郎の娘が考えたらしいよ、なかなかやるよな、あの娘も」

壮二が店を出て行くと、晋太はその背中を目で追いながら、呟いた。

「なんか、みんな急に商売人に戻ったなあ。もう何年も、商売で儲けようなんて思わなくなってたもんなあ。愛美ちゃん、やっぱいいもんだね、こういうの。商店街なんだから、物を売ってなんぼだよ。売って儲けて、それが生き甲斐なんだよなあ。俺ら商人なんだからさ。儲けたいって欲が出たのが、俺は嬉しいよ」

『ねこまちフラワー』のアルバイトさんと店主の柳井幸太郎、その妻の幸枝、娘の容子、四人がテーブルを二つ持って来てくれて、『スーパー澤井』の前には臨時の給湯所が作られた。婦人会が集めて来てくれたポットは六個、愛美の父の店に運んで行き、熱湯を入れて貰う。

晋太が余っていたポスターの裏に、マジックで大きく、カップラーメンあります、スーパー澤井、と書いたものを持って来てくれたので、愛美はそれを丸めて抱え、走って広場に戻った。

「『スーパー澤井』は、商店街の中ほどでーす」

愛美は叫んだ。

「店内で買われたカップラーメンに、お店の前でお湯を入れて召し上がっていただけまーす」

「愛美ちゃん！」

慎一が折り畳み椅子を何脚か抱えて来た。

「これ、使って。澤井さんとこに持ってけばいい？」

「お願いします！」

誰もが走っている。商店街の誰もが、生き生きと走り回っている。

澤井晋太の言葉が愛美の心の中で躍る。

売って儲けて、それが生き甲斐。

そうだ、想い出作りなんかじゃだめなんだ。愛美は思った。やるならとことんやらないと。人を集め、物を売り、お金を儲ける。

彼らは、商人、なのだ。物を売って儲けるプロなのだ。商店街を生き返らせることができるのは、商人としての欲、物を売ってお金を儲けたいという気持ちだけなんだ。


あっ。

愛美は不意に思い出した。いけない、いけない、すっかり忘れてた！

シバデンの広報課の人から、紙芝居コンテストの入賞者に手渡す花束を用意してほしい、と言われていた。『ねこまちフラワー』には電話で注文したけれど、最終確認をしていない。『ねこまちフラワー』は、ラッピングした一輪花がよく売れて、店内の花がなくなりそうだと……

愛美は不安になって、また商店街を走り抜けた。『ねこまちフラワー』は『スーパー澤井』の二つ隣りだ。

「あら愛美ちゃん、テーブル足りなかった？」

柳井幸枝が店の前を掃き掃除している。お花売り切れました。ありがとうございました。と書かれた立て看板が出ていた。

「あ、あの、電話で頼んでおいた……」

「ああ、はいはい、できてるわよ」

幸枝がにっこりしたので、愛美はホッとして大きく息を吐いた。

「あらま、お花全部売られちゃったと思った？」

幸枝は笑いながら、大きな花束を三つ抱えて現れた。

「はいこれ。全部で六つだったわよね、でも三つしか持てないでしょ。あと三つ、バイトの子に持たせるわ」

「……こんなに大きいんですね。あのでも、予算が……」

「これはうちからの、寄付」

「いえそんな、花束の費用はシバデンさんが持つことになってますから」

「じゃあ、シバデンが出す予算の分だけもらっとく」

「でも」

「大きいほうが豪華でいいでしょ。愛美ちゃん、わたしね、あなたに感謝してるの。うちはほら、お得意先が病院だから、まあね、なんとか商売はやっていけてるんだけど、この店はほとんど作業場になっちゃってて、ここで売る花といったら、ご近所のお年寄りが買ってくれるお仏壇の花くらいだったでしょう。でもわたしがここに嫁いだ頃はまだ、商店街に買い物に来る人もけっこういてね、花もそういう人たちが買ってくれてたものなのよ。今日は久しぶりに、あの頃の雰囲気を楽しめた。やっぱりいいものよね、商店街で商売するって。わくわくするわ。愛美ちゃん、大変かもしれないけど、来年もこのお祭り、ぜひやってね。できることはなんでも協力するから」

「……はい」

うなずいた途端に、涙がこぼれ落ちた。

「はい」

愛美は顔を上げ、もう一度言った。

「来年も、必ずやります。やらせてください」

4

そろそろ花火が打ち上がる時刻になった。

愛美は疲れて感覚が鈍くなったふくらはぎを拳でとんとん叩き、気合をいれ直した。

紙芝居コンテストの表彰式も終わり、地元バンドによるコンサートも最後の一組が演奏を終えた。飲食用に出されていたテーブルや椅子は片づけられ、広場にはロープが何本か張られた。すべて慎一と信平がアイデアを出し、設営を指示し、今は観客をロープに沿って並ばせている。立ったままでは見物が辛そうなお年寄りには、少し花火は見づらいが、座って観賞できる席を案内する。それらと並行して、愛美は清掃を始めていた。ボランティアで手伝ってくれる地元の婦人会や高校の運動部の生徒たちに、スタッフ用のＴシャツを配って着て貰い、至るところに落ちている紙コップや紙皿、箸、ティッシュなどを拾う。愛美自身は仮設トイレの清掃を始めた。仮設トイレは一時間おきに清掃しているが、これだけの人数の来客に対して簡易トイレ五つでは、ちょっと少なかったな、と反省した。設置費用、運搬費、備品、クリーニング料金など含めると、トイレのレンタル料が思ったよりも高く、予算の関係で五つにしてしまったのだ。駅トイレにも長い列ができていたので、清掃も大変だっただろう。シバデンに謝らないと。

明日の朝には、いつもの駅前広場、いつもの商店街に戻さなくてはならない。少しでも清掃を進めておかないと、徹夜になってしまう。

勉強になったことは数限りなくあった。当初、ねこまち文化祭をやりたい、と思いついた時には想像もしていなかったくらい、やるべきこと、考えなくてはいけないことがたくさん。

今回は奇跡のようにうまくいったけれど、繰り返して定期的に行うとしたら、毎度毎度これほどの幸運には恵まれないだろう。そして今回一回切りであれば、収支が赤字になったとしても「楽しかったね」「たくさん人が来てくれて良かった」で済むけれど、次回からはそうはいかない。少しでもいいから黒字を出さないと、企画自体が続いていくことが難しくなる。

わたしにそんな才覚があるだろうか。

愛美は早くも胸の底に湧きおこって来た不安を打ち消すように、大きくひとつ息を吐いた。

心はほぼ決まりかけている。できる、と言い切る自信はないけれど、やってみたい。

この、ねこまちフェスティバルを毎年開催したい。

声が掛かって振り向くと、音無佐和子が立っていた。まだ少し、髪の生え際にドーランが残っている。

「愛美さん」

「お疲れさまでした。すみませんでした、舞台、見られなくて。ビデオを録ってもらったので、あとで鑑賞させていただきます」

「愛美さん、忙しかったでしょう。一人で大奮闘してたものね」

「いえ、ボランティアの皆さんがほんとによくやってくださって、助かりました」

「わたしもゴミ拾い、させてくれる？」

「いえそんな、とんでもない」

「やらせて」

佐和子は明るく笑った。

「何かしたいの。こんなに素敵な経験をさせてくれたお礼に」

佐和子は愛美が手渡した軍手をはめ、ゴミ袋を手にした。

「このフェスティバルに呼んで貰って、一人芝居をやらせて貰ったこと、本当に幸運だったと思ってるの」

「いえ、こちらこそ、音無さんのような有名な女優さんに参加していただけて幸運でした。ほんとに、交通費程度の謝礼しか出せなくてすみません」

「有名な、なんて」

佐和子は笑った。

「ほら、誰もわたしに気づいてない」

「それは、花火が始まるのを待っているから……」

「いいのよ、むしろ、気づかれたらわたしの負けだと思う。さっきまで芝居をして、この中にもそれを観てくれた人がいるはずなのに、それがわたしだと気づかないとしたら、舞台と素の自分とが完全に違うものだった、ってことだものね。ってまあ、負け惜しみだけど」

佐和子は拾ったゴミを袋に詰めながら、楽しそうに続けた。

「わたしね、なんて言えばいいのかなあ……月並みなんだけど、いろいろ行き詰まってるのね。もともとたいして美人でもないし、若い時から主役をやるような女優でもなかったんだけど、でもやっぱり若い時代にはそれなりに、恋愛とかする女の子の役が多かった。でも四十の大台に乗ると、ドラマでも映画でも、母親や妻の役ばかりになった。テレビや映画の仕事は嫌いじゃないのよ、舞台のほうが自分に向いてるとは思ってるけど、こまぎれで場面を創(つく)っていくあの感じも、好きなの。でも、母親や妻の役をちゃんと演じきれてる、って実感がないのね。……別の言い方するとね、自信がない」

「わたし、うまく言えないですけど、お世辞(せじ)ではなくて、音無さんの演技、好きです」

愛美は、底の浅い言葉に思われたくなくて、懸命に心を込めた。その気持ちが伝わったのかどうか、佐和子は少しの間手を止めて、愛美を見た。そして微笑(ほほえ)んだ。

「ありがとう。嬉しいわ。わたし、母親の役も妻の役も、貰った役は懸命に演じています。それだけは本当」

「はい、わかります」

「でもね、どんなに懸命に演じても、自分が演じながら感じてしまう違和感は、おそらく伝わってしまうものだと思う……テレビカメラは残酷なのよね。今のハイビジョンって、毛穴まで見えちゃうんだもの。そうして毛穴まで映し出されたわたしという女優は、今、壁に当たっている。舞台ではこの歳(とし)になっても、少女の役だって来るし、恋愛もし放題。二十年前と同じ役ができる。そのことが自信に繋(つな)がっているのか、舞台では思い切った演技ができるの。でもテレビカメラの前に立つとなぜか萎縮(いしゅく)してしまう。つまり、スランプ、なのよね。心の中のどこかに、老いていくことへの恐怖がある」

「……老いていくこと……」

「そう。恋する女の役が来なくなったのは老いたから。でも舞台ならまだそういう役だってやれる。なのにテレビや映画ではそれができない。なぜか。簡単なことよね。わたしが老いて、それをテレビカメラやデジタルの映像は、克明に映し出してしまうから。口元の小じわや、目尻の皺。あごやほほのたるみ。開いた毛穴。たくさんのシミ。どんなにうまく化粧しても、ハイビジョン映像はその化粧の下の老いを暴いてしまうのよ。そしてわたしは……それが怖かった。怖くてたまらなかった」

佐和子は、ひとつ小さな溜め息を吐いた。

「この催しに信平くんから声がかかった時、ほとんどの店が潰れてシャッターばかりになった商店街を再生させたいんだ、って言われて、ドキッ、としたの。あの人は、時間の流れに抗おうとしている、そう思った。それで興味をひかれたの。実際、来てみたら想像していた以上にシャッターだらけ。あ、ごめんなさい」

「いえ、その通りです。もう商店街としてはほとんど機能していない、シャッターの並んだ通り抜け道路になってます」

「ええ、でも、愛美さんはこの商店街にちゃんと想い出があるのよね？」

愛美はうなずいた。

「たぶん……わたしの記憶にある商店街と、実際にその時代の商店街とはいくらか違っていると思います。わたしが子供の頃、すでに商店街の中には店を閉めていたところもけっこうあったはずなんです。でも記憶の中では、どの店もとても繁盛していて、商店街は活気に溢れていました。おそらく当時はまだ、国道沿いのショッピングセンターや大きなスーパーがなくて、子供のわたしが知っている商業施設はごく限られたものだったんですね。本当にたまに、親に連れられて、電車に乗って出かけたN市のデパート以外は商店街しか知らなかった。なので子供の目には、活気があるように見えたんだと思います」

「それでも、お子さんだったあなたが入ってわくわくするようなお店が、まだあった」

「ありました。オモチャ屋さんもあったし、最近はあまり見なくなったファンシーショップ、ちょっと可愛い雑貨や文具を売っている店もあったんです。ソフトクリームが食べられるお店もあったし、ハンバーグが美味しい洋食屋さんもありました」

「あの写真館に初めて入った時、ほこりにまみれた壁に何枚も写真がかかったままでね、その中には、昔の駅前や商店街を写したものもあった」

「今回の舞台を設置する時に見ました」

「あれを見て、失われた時が閉じこめられた写真と、その写真を閉じこめた写真館、というイメージに圧倒されたのよ。そこにはおそらく、あの商店街を生活の一部にしていた人たちの、無数の想い出がある。失くした時、消えた街、閉じこめられた想い出。その真ん中で一人芝居をやってみたい、そう、強く思った。それで帰ってから一気に脚本を書き上げ、すぐに演じてみた。繰り返し稽古するうちに、次第にね……怖くなくなったの。歳をとることが、怖くなくなったのよ」

佐和子は、ゴミで一杯になった袋の口を器用に結んだ。

「この歳まで女優をやって来て、たくさんの芝居やドラマ、映画に出た。主役になったことは少なかったけれど、どの芝居も全身全霊、自分にできる限界まで頑張って来たつもり。時には体調が悪かったり、精神的に不安定だったりして、思ったような演技ができなかったこともあるし、監督さんや演出家とぶつかって、心にわだかまりを抱いたまま演じたこともあるわ。でも、投げやりになったり手を抜いたりしたことはない。それだけは神様にも誓える。だとしたら、きっと、わたしの芝居を見た人の誰かの心の中には、想い出として残れたはず、そう思ったのよ。今はシャッターが並んでいるばかりになってしまった商店街でも、人生の一部をあの商店街と共有していた人たちがいて、その人たちの心の中には、想い出として残っている。今がどうであれ、その想い出を消してしまうことは誰にもできない。怖がる必要なんてなかったのよね。歳をとってもわたしの過去が消えてしまうわけじゃないし、わたし自身もちゃんとここにいるんだものね。えっと、これどこに持っていけばいいの？」

「わたし、やっておきます。音無さん、もしお時間があれば花火、観てくださいね」

「もちろん観るわよ。せっかく参加したお祭りだもの、フィナーレを楽しまないとね。それに打ち上げ、あるんでしょ？　信平くんと飲み明かすの、楽しみにしてるの。N市に宿はとったけど、始発で帰る気まんまんだから。愛美さん、わたしの芝居、暇(ひま)になったら観てね」

「はい、明日観ます！」

「明日はゆっくり休まないとだめよ。あなた、ほんとに働きすぎだから、今日」

「でも気になって観ないではいられないと思います」


突然、広場から歓声が上がった。

「あら、あれ何？」

佐和子が指さす。

広場に集まっていた人たちが興奮してざわめき、さかんに佐和子と同じ方向を指さしている。

根古万知駅の駅舎の壁に、何かが映し出されていた。

「ビデオのプロジェクターね。駅の壁、そう言えば白かったっけ。でもあれ、何かしら。

まるで……まるで、ＵＦＯみたい」

そうだ。あれはＵＦＯだ。

愛美は思い出した。欣三と河井とが子供の頃に見た、ＵＦＯ。

河井はＵＦＯの正体がわかった、と言っていた。

あれは……その再現だ。

「綺麗ねえ……あれ、もしかしたら」

佐和子が言いかけた。愛美にもやっと、それが何なのかわかった。愛美は佐和子に頭を下げてから、ゴミ袋を持ったまま小走りに信平を探した。信平は花火打ち上げの責任者だ。打ち上げ会場は駅裏の、シバデンの所有地。だがプロジェクターはスクリーン代わりの駅舎とは反対側にあるはず。

愛美は商店街へと戻った。

商店街のアーケードの上に、信平と河井が座っていた。信平はプロジェクターを足で挟んで固定していた。

「どうだ、ＵＦＯ！」

信平が愛美を見つけて叫んだ。

「ちゃんと再現できただろ？　このプロジェクター、N市のビデオ制作会社に貸して貰ったんだ。河井さんが口きいてくれたんだよ。すごいだろう」

河井は嬉しそうに駅舎の方を見つめている。

そして、アーケードの下には、欣三と父・国夫が並んで立ち、広場の人波の頭からかろうじて見えているUFOに、じっと見入っていた。

5

「あれは……ビニールハウスね」

佐和子が呟いた。

そうだ、と、愛美も気づいた。UFOのように見えているもの、あれはビニールハウスの明かりだ。

遠い昔、欣三と河井は、この光景を見た。谷間に広がる畑のビニールハウスが夜になって点灯され、その光が、おそらく上空に低く垂れこめていた雲に反射したのだろう。彼らはその光をＵＦＯだと信じ、無邪気に驚き感動して、河井は翌朝得意げに同級生たちに話したのだ。そしてその結果、仲間はずれにされてしまった。

今見えている光景は、雲に反射した光ではなく、谷間に沈んだ霧の中でビニールハウスの灯がぼんやりと輝いている様子だろう。

「綺麗ねぇ」

佐和子が溜め息と共に言った。

「ビニールハウスなんて、珍しくもないものだし、何気なく目にとめていても、普通なら美しいだなんて思わない。なのに撮り方と演出で、あんなに綺麗なものに映るのね……自分が老いて醜くなっていくとおそれるのは、不遜なことなのかもしれない。映画も舞台もテレビドラマも、女優一人でつくれるものじゃないのよね。大勢のスタッフや技術者がいて、監督がいて、みんなで工夫して、何でもないごく普通のものをああした美しいものに変えていく……女優一人の顔に何本か皺が増えても、そんなの、いくらでも美しいものに変化させることはできる。ほんとに、ここに来て良かった。わたしもう、老いることが怖くないわ。怖いのは、何もせずに朽ちていくこと、それだけ」

遂に、花火があがった。

大歓声が沸き上がる。どーん、とお腹に響く低音と共に、まだ暗くなりきっていない藍色の空に、光の華が開いた。

愛美は自分の頬に涙の筋が伝うのを感じていた。涙が流れていく皮膚の上がとても熱い。

失敗もたくさんした。反省しなければならない点も山ほどある。それでもなんとか、ねこまちフェスティバルはこうしてクライマックスを迎えている。

駅前広場はぎっしりと人で埋まった。その多くがこの町の人たちだ。過疎の波に呑みこまれ、消えゆく運命に沈みかけているこの町。けれどここにはまだ、こんなに大勢の人が暮らしている。

帰って来て良かった。

愛美はようやく、心の底からそう思っていた。

ふと、広場の隅に信平の姿を見つけた。信平も夜空を見上げている。そしてその隣りに、信平とおなじくらいの年頃の女性が立って、いっしょに花火を見ていた。花火のあかりに照らされた女性の横顔が、美しい。

あの人は誰かしら。愛美は思い出した。井沢伸子さん、といったかしら、この町に戻ってきた信平さんの同級生？

信平も、次のドアを開けたのかもしれない。自分自身がここに帰って来て、目の前のドアが開き、新しい世界を見つけたように。

ニャーン

聞き慣れた甘え声。

「ノンちゃん！」

塚田恵子が、ハーネスをつけたノンちゃんを抱いていた。

「花火、ノンちゃんにも見せてあげようと思って」

「怖がらないですね、花火」

「そうなの。てっきり怖がるかと思ってね、花火が始まる前に駅舎の中の大きいケージに入れてあげたのね。なのに、なんだか出たがってケージをガシガシ噛むもんだから、ちょっと出してやったの。そしたら外に行くって意思表示するのよ。おとなしいこの子が自己主張するんだもの、何かあるのかしら、って思ってね、抱いて外に出てみたの。そしたら最初の花火が上がったところで。普通の猫なら怖がってパニックになるわよ。なのにさすがノンちゃん、じーっと空を見つめて、花火がすごく気に入ったみたいで。なので連れて出ても大丈夫かなって、来てみたの」

　愛美は恵子の手からノンちゃんを受け取り、抱いた。

　この数ヶ月で、愛美の腕はすっかりノンちゃんのからだになじんでしまい、ノンちゃんも安心してゴロゴロと喉を鳴らしている。

　次々と打ち上がる花火で、地響きのような音が絶え間なくしているのに、ノンちゃんはまったく意に介していない。愛美の腕の中でリラックスしつつ、大きな二つの目を夜空に向けて、花火を楽しんでいる。

「お祭り、大成功ね」

「いろいろ反省点はあります。食べ物が足りなくなったり、迷子がけっこうたくさん出てしまったり。外国人のお客様が思ったよりもたくさんいらしてて、中国語と英語のできるスタッフを用意していなかったのも失敗でした」

「まあそれは仕方ないわよ、第一回なんだもの、食べ物がどのくらい売れるかとか、外国人観光客が来るか来ないかとか、なんにもわかっていなかったものね。来年はもっと手際よくやれるわ。慎ちゃんからちらっと聞いたわよ。愛美ちゃん、ねこまちフェスティバルの仕事、請け負うんですってね」

「……まだ少し迷ってます。わたしにできるかな、って」

「迷うことないわよ、あなたは一人じゃないもの。わたしたちもできるだけ手伝うし、慎ちゃんもここにとどまって、あなたのサポートするんだって」

　恵子は楽しそうに笑った。

「あなたたちが一緒になってくれたら、わたしも嬉しいわ。国夫さんだってきっと喜ぶわよ」

「あの、そんなまだ、わたしたち」

「わかってますよ。愛美ちゃんは真面目過ぎるくらい真面目だものね、離婚してすぐ再婚なんてできないだろうって、そのことは慎ちゃんにも言ってきかせてあるわ。焦ったらだめよ、って。でもわたし、ねこまちフェスティバルが成功して、ほんとに、ほんとに嬉しいの。みんなあなたたちのおかげ」

「恵子さん……」

　どーん、と格段に大きい音がして、夜空に特大の花火があがった。

　そして大歓声と共に、花火はフィナーレを迎えていた。次々と続けざまに打ち上がる花火の中をひときわ高くのぼった火の玉が、大輪の光の華をいくつもいくつも重ねて開きながら夜空に散った。

すべてが終わり、空はいつのまにか漆黒に、そして三日月がぽつんと、名残り惜しげに見下ろしていた。

広場が歓声と拍手で包まれた。

「俺たち、とりあえずやり遂げたみたいだな」

いつの間にかそばに来ていた信平が愛美の胸からノンちゃんを抱き上げた。

「な、猫。おまえのおかげだよ。おまえがこの町に来て、いろんなことが動き始めた。おまえはこの町を生き返らせるためにやって来たのか?」

にゃーん、と猫が鳴いて、大きな欠伸をひとつ、した。

信平の後ろに立っている女性が、優しく微笑んだ。

十一章　新しい朝に

1

花火が終わると、なぜか盆踊りが始まってしまった。愛美は驚いたが、信平はお腹(なか)を抱えて笑っていた。おそらく地元の婦人会が、勝手に音楽を流してしまったのだろう。

愛美も信平に手をひかれて輪の中に入り、何周か踊ったところで離脱した。

後片づけの係になっているボランティアスタッフは午後九時に本部テントに集合していた。まだまだ盆踊りは続きそうだったが、愛美はスタッフと共に本格的な後片づけを始めた。

結局、盆踊り大会は十時過ぎまで続き、きりがないので町長がステージに上がって閉会を宣言、「蛍の光」を流した。この曲を聴けば家路につくのが日本人の習性だ。

想像していた以上に大量のゴミが出て、そのゴミに負けないほど大量の「落とし物」が回収された。それらを整理して役場のサイトに列挙し、引き取りに来て貰わなくてはならない。

機材やテント、テーブルや椅子などをレンタル業者に返すため、雑巾で綺麗に拭く作業も思った以上に大変だった。簡易トイレもひと通り綺麗にしておかないと。

ボランティアスタッフはよく働いてくれたが、それでもシバデンの終電まではとても終わりそうになかったので、ひとまず終電前に解散にした。スタッフが帰るのを見送ってから、商店街のメンバーと本部の数名とで後片づけの続きをする。

日付が変わる頃、婦人会がおにぎりの差し入れを持って来てくれた。昼食も夕食も摂っていなかったので、たまらなく美味しかった。だがお腹に食べ物が入ったせいか、眠気が襲って来た。

愛美は眠りこんでしまわないよう、持参していたウエットティッシュで顔や手、首などを拭いた。

「大丈夫？」

声をかけてくれたのは慎一だった。あの告白は夢でも見ていたのかと思うくらい、自然な笑みを見せてくれる。それは慎一の、精一杯の気づかいなのだ。

　愛美も、できる限りおだやかに微笑みを返した。

「シバデンさんが、明日も駅前は自由に使っていいって言ってくれたし、残りは明日にしたら？　愛美さん、目の下にクマができてるよ」

　愛美は慌（あわ）ててポーチから鏡を取り出した。慎一が笑う。

「嘘（うそ）、嘘。大丈夫、まだクマになってない。でもたぶん、明日はクマができちゃうよ。ほんと愛美さん、もう限界でしょう、疲れ」

「……体力ないですよね、わたし。ちょっと鍛（きた）えないとだめですね」

「その前に、とにかく寝ないと。他のみんなも愛美さんが帰らないと帰れないよ」

「そうですね」

　愛美は立ち上がった。

「とりあえず駅前の駐車スペースだけ空（あ）けてしまいます。あとは明日にします」

「よし、なら手伝うよ」

　慎一が声をかけてくれて、広場に残っていた面々は駐車スペースに置いてあった椅子やテーブルなどを移動してくれた。とりあえず商店街の入口付近に積んで、ビニールシートで覆（おお）う。

愛美たちは掃き掃除を済ませ、駅前だけはフェスティバルが始まる前の状態に戻った。

午前二時過ぎ、ようやく解散となって、愛美は慎一の車に乗った。


「すごい一日だったな」

慎一が言った。

「根古万知にこんなに人がいたんだ、って再認識したよね。それに、子供もけっこういるんだ、って。まだ小学校一つ、中学一つ残ってるんだもんな。どっちも一学年が十数人だけど、それでもゼロじゃない。ゼロじゃないなら増える希望はある。愛美さん、例の話、引き受けるの？」

「……やってみようかな、って。ちゃんとやれるかどうか不安ばっかりだけど、来年も再来年も、ねこまちフェスティバルを続けていけるように頑張ってみます」

愛美のアパートには瞬く間に着いてしまった。

愛美は車を降りた。

「じゃ、おやすみなさい。明日また」

「少しでも休んでください」

「慎一さんも」

愛美は運転席の慎一の顔から目を離したくない気持ちでいた。もし今、愛美が誘えば慎一は部屋まで来てくれるだろう。そうしてしまいたい。今夜、慎一と離れたくない。

だが愛美は無理に手を振り、車に背を向けた。自分がそうであるように、慎一も疲れがピークに達しているはずだ。

好きだから、慎一のからだが第一。愛美は、こみあげてくる、愛しい、という思いを持て余しながら部屋へと戻った。

翌朝はよく晴れていた。睡眠は四時間ほどしかとれなかったが、夢も見ずにぐっすりと眠ったせいか、愛美の気持ちは爽やかだった。ベッドから起き上がり、猫の餌の箱を手にしてから気づいた。ノンちゃんは昨夜、塚田恵子が預かってくれたのだ。愛美の帰りが何時になるかわからず、ノンちゃんもさすがにくたびれたのか、塚田恵子の膝の上でぐっすり寝入っていたので恵子に任せたのだ。

愛美は簡単に朝食を済ませると、徒歩で商店街に向かった。ゆっくりと歩いて二十分ほどの道のりだ。

途中、兼業農家の庭先で、顔見知りの女性に挨拶された。いつもは愛美のほうから声をかけるのだが、その朝は女性が小走りに愛美のもとに駆け寄った。

「愛美さん、お疲れさまでした。ほんとに楽しかったわ、昨日のお祭り！」

「ありがとうございます。楽しんでいただけてよかったです」

「大変だったでしょう、あれだけのこと準備するの」

「商店街の人たちが中心になって、役場も協力してくれました」

「来年もまたやるんでしょ？」

「そうできたらいいんですけど」

「やってちょうだいよ！　お願い、やって。大阪にいる息子にね、今朝電話したの。すごく楽しいお祭りだったから、来年は孫たち連れて来て、って。来年は連休にやってくれたら、息子たちも泊まっていかれるんだけど。ね、連休にやること考えてみてちょうだいよ」

「わかりました。日程のことはこれからですけど、できるだけ休みが続く時にやれないか検討します」

「来年はわたしらもボランティアします。なんでも手伝うわ。だからお願い、来年もやってくださいね。お願いね！」

駅前の広場にたどり着くと、そこには愛美が想像していなかった光景があった。広場に大勢の人がいて、忙しく働いていたのだ。顔を知っている商店街の関係者もいるが、知らない人も多い。ボランティアに登録してくれていた人ばかりではなかった。みんな、広場の清掃を手伝いにわざわざ早朝から来てくれた、根古万知の町民だった。

「おはようございます」

愛美の顔を見るとみんな一斉に声をかけて来た。

「昨日はお疲れさまでしたー」

「もっとゆっくり出て来たらよかったのに。疲れてるでしょう」

「ここは俺らがやっとくから、駅でコーヒーでも飲んでらっしゃいな」

「駅長猫もおるよ」

愛美は感激して、泣き出しそうになった。

駅の売店では、塚田恵子がノンちゃんを抱いたまま何か食べていた。

「愛美ちゃん、おはよう。朝御飯食べた？」

「あ、はい」

「ひとつくらいならお腹に入るでしょ。お稲荷さん作ったのよ、食べて食べて」

ノンちゃんが愛美の顔を見て、にゃーん、と可愛い声で鳴いた。愛美は恵子の腕からノンちゃんを受け取り、抱きしめた。

「おぎんちゃんにいじめられないように私の部屋にノンちゃん入れたらね、出してって鳴くのよ。自分でふすま開けて出ちゃって焦ってたら、なんとねえ、おぎんちゃんと廊下ではちあわせ！　なのにおぎんちゃんに自分からすり寄っちゃって、おぎんちゃんもびっくりしてたけどそのうちに慣れちゃって、昨夜は一緒に丸くなってたのよ！　ほんとノンちゃんは不思議な猫よねえ。人だけじゃなくて、猫までメロメロにしちゃうんだから。あ、おにぎり食べてよ。ほら、こっちは御飯にゆかり混ぜてるほう、こっちは生姜が入ってるの。どっちにする？　あらやだ、愛美ちゃん、なんで泣いてるのよ！　どっか痛い？　お腹？」

「いえ、違うんです。そうじゃなくて」

愛美は泣き笑いしながら涙を手で拭った。恵子がハンドタオルを差し出してくれた。

「ありがとうございます。すみません、泣いたりして。でもこれ、嬉し泣きなんです」

「うれしなき？」

「はい。だって……町のみんなが、朝早くから手伝いに来てくれて……」

「ああ」

恵子は笑顔でうなずいた。

「昨日のボランティアさんたちがね、呼んでくれたらしいわよ、友達とか家族とか。あんたたち実行委員会のメンバーが、昨日は一日中こまねずみみたいに働いてたでしょう、それで、もうちょっと手伝ってあげよう、ってことになったんですって」

「ほんとに……ありがたいです」

「きっとみんな、昨日、すごく楽しかったのよ。それに嬉しかったんだと思う。この町が、遠い昔みたいに活気づいたのを見られて。正直あたしも含めて、この町の人はもう諦（あきら）めてたのよね。でも昨日の盛り上がりで、まだ少しぐらい希望が残っているんじゃないか、そう思えるようになったんじゃないかな、みんな。だから、ちょっとでもいい、できることをしたい。その気持ちがあの姿なのよ」

愛美はノンちゃんをまた恵子の腕に戻し、軍手とエプロンを身に付けて広場に出た。

昨夜、やりかけのままにしてあったシート類は綺麗に畳（たた）まれて積まれている。見渡す範囲、駐車場にはゴミひとつ残っていない。ロータリーに残されていたテーブルや台なども隅（すみ）の方に片づけられていた。

愛美はゆっくりと広場をまわり、手伝いに来てくれていた人たちひとりひとりに挨拶して礼を言った。たくさんの声が愛美にかけられた。来年もまたやってくれよ、今度は地元産野菜のレストランも出そう、芸能人を呼んで前夜祭したらどうか……みんな、思い思いにアイデアを口にし、ボランティアするから、と約束してくれた。

やがてレンタル業者のトラックが次々とやって来て、簡易トイレや大型のテント、テーブルなどを引き取って行った。

午前十時を過ぎる頃には、駅前広場はいつもの姿に戻り、集まっていた人々も消えて行った。


店に入ると、いれたてのコーヒーの香りが愛美の胸にすーっと入りこんで、愛美は思わず深く息を吸った。

「片づけ、終わった?」

信平はカウンターの中で、ネルドリップでコーヒーをいれている。

「悪いな、片づけ、手伝えなくて。朝のうちに役場に行って、金の話をして来たんだ」

「どうでした?」

「まだ精算してないからな、とにかく会計報告をまとめないと。でもざっと計算して、なんとか、町役場からの助成金の範囲には収まるんじゃないかな、赤字。俺たちの持ち出しはなさそうだよ」

「でも赤字なんですね……」

「そりゃ仕方ないよ、今回は利益度外視だったから。どの物販コーナーもほぼ売り切れるくらい繁盛してたのに、出店料は一律三千円だぜ」

　信平は笑った。

「来年からは歩合でとりたいよなあ。でも現実問題としては無理だろうな。それに、ねこまちフェスティバルは金儲けのためにやるんじゃない、みんなにここに集まって貰って、この町のことを思い出して貰うためにやる。だから、ま、儲けは考えない。役場が負担してくれる金の範囲でやる、それが方針だ」

「来年もやれるかしら」

「やるんだよ」

　信平はコーヒーをカップにそそぎ、カウンターの上に置いた。

「やるんだ、何があっても。こういうことは、最初の一回より、次の一回が大事なんだ。継続すること。毎年やること。そうでないと、ねこまちフェスティバル目当てに帰省して貰うことができないし、口コミ人気で人が集まる希望もなくなる。愛美ちゃん、覚悟を決めてくれよ。ここのバイトは今月いっぱいでクビだ。俺の知り合いにN市で司法書士やってる奴がいるから、できるだけ早くそいつのとこに行って、会社設立の準備を始めること。役場の予算がつくまでの経費は立て替えないとなんないが、俺がなんとかする」

「でも」

「そんな顔するな、もっと自信を持て。この数ヶ月、ねこまちフェスティバルのために君と動いてみて俺は確信してる。君ならできる。やれる」

愛美は深呼吸してから言った。

「はい。やります」

「よーし」

「でも信平さん、お金のことはほんとに……まだ貯金、少し残ってますから」

「そんな呑気なこと言ってると、すぐに家賃も払えなくなっちゃうぞ。役場の予算が正式につくのは新年度から、つまり来年の四月からだ。もちろんそれまで無給で働くわけにはいかないから、今の予算の範囲で金を出して貰える分は出して貰うけど、それでも四月までは相当苦しいよ。ちゃんと資金を持って始めないと、精神的にも参っちゃう。大丈夫、役場のお墨付きがあれば当面の資金は地元の信用金庫が貸してくれるよ。慎一くんは写真集を考えてるみたいだよ。ノンちゃんを主役にした写真集だってさ。まだまだ、考えればいろいろやれることはみつかる。それをみつけるのも君の仕事になるんだ」

愛美は、コーヒーを少しすすった。

「この町は、変われるでしょうか」

「変われるさ。少なくとも、昨日、何かが少し変わった」

愛美はうなずいた。

「そう思います。今朝、それを感じました。ああ、新しい朝が来たな、って」

「新しい朝、か。ほんとにそうだな……新しい朝だ」

2

布団の中で、国夫は天井を見つめていた。今朝は寝坊しようと決めて、目覚まし時計はセットしなかった。なのにいつもと同じ時間に目が覚めてしまった。長年の習慣とはやっかいなものだ。この分だと、店を閉めて楽隠居を決めこんでも、毎朝こんな時間に目覚めてしまって一日の長さを持て余しそうだ。

明け方にやっと布団に潜りこんだ時には、腰も背中も痛かった。寝返りをうつにも骨が折れた。だが夢も見ずにぐっすりと眠ったおかげなのか、腰にも背中にも痛みは残っていない。自分もまだまだ、思っていたよりは若いのかもしれない。

それにしても、と、国夫はひとり、思い出してニヤニヤした。

まさかあんなに人が来るとは。一杯四百円のラーメンが、二百食、あっという間に完売した。いつもは一日にせいぜい十五、六食しか売れないのに。チャーシューが足りなくなって途中からハムにしてしまったのが申し訳なかった。ハムなら三百八十円にすべきだったかな。

あの世でかあちゃんもびっくりしてるやろな。

さて、と。

布団から這い出し、階下に降りて新聞を拾う。シャッターの投入口から差しこまれた新聞が、毎朝店の床に落ちている。

地方版を開いた。ねこまちフェスティバルについての記事を探す。あった。

思ったより小さいな。ま、根古万知なんて忘れられた小さな町の祭りのことなんかでは、たいした記事にはできないか。

それでも内容は好意的だった。伝統的な祭りとは違うが、庶民的で楽しい祭りだ、と書いてある。まるで文化祭のようだと。

そう言えば、愛美も、文化祭なのだと言っていた。

文化祭か。

中学の文化祭で、同級生たちと8ミリ映画を撮って上映した。あれは楽しかった。当時流行っていたテレビの刑事ものドラマのパロディだ。あの時俺は、将来は映画監督になりたいと真面目に思った。だがしがない定食屋の息子にとっては、映画監督になる未来などは遠過ぎた。

そのかわり、俺は定食屋のおやじになり、ラーメン屋のおやじになった。

国夫は欠伸をひとつしてから、新聞を置いて冷たい水で顔を洗った。

昨日の戦場のようだった屋台がもう懐かしい。あんなに忙しかったのは何年ぶりだろうか。いや、何十年ぶりか。

山積みになった丼がまだ残っていた。昨日は疲れ過ぎて、後片づけを中途半端にしてしまった。

ゴム手袋をはめ、皿洗い用のシンクに湯を満たした。丼を放りこみ、洗剤をふりかける。スポンジで丼を洗う。

国夫は思い出していた。この店を開いた日のことを。

開店の日、店の前には長蛇の列ができた。妻と、バイトに雇った地元の無職青年と三人で、店の時計が開店時刻の午前十一時になるのを睨んでいた。

あの時の高揚感と、少しの不安。

店を開けた途端にカウンターがぎっしりと埋まり、そのまま夜になるまで客が座り続け、用意した麺もスープも閉店予定時刻の二時間前にはなくなってしまった。

閉店後、みんなで祝杯をあげた。

国夫自身、自分の作るラーメンがとびきりに美味いとは思っていない。ただ自分で嫌いな味ではないな、と思う程度だ。しょせんは常連頼みの田舎のラーメン屋、毎日食べても飽きない味、嫌味のない味でいいと思っている。個性的で癖のあるラーメンである必要はないのだ。

だがそれでもあの頃は、もっと一食一食、丁寧に作っていたかもしれない。今よりもずっとずっと忙しかったのに、麺のゆで時間はきっちりと計り、チャーシューの仕込みには休日を丸々あてていた。

今でも、材料そのものはあの頃とそう変わっていない。醤油は和歌山から取り寄せているし、出汁に使う野菜や昆布、鶏、豚肉などは、農協から新鮮なものを買っている。

でも。

国夫の手が止まった。ここのところ頭の中でもやもやしていたものが、不意に形をつくった。

……不味くなっている。俺のラーメンは、あの頃よりも不味くなっている。それはだいぶ前から気づいていた。気づいていたけれど、知らないふり、気づかないふりをし続けていた。どうせあと、保って数年。客は減り続けているし、それが復活する可能性なんかない。町に人がいなくなってしまったのだから、仕方ない。そう自分に言い聞かせて諦めていた。

しかし、人はいたのだ。昨日、あれだけの人がこの店に来た。広場を埋め尽くしていた人の中には観光客も何割かはいただろうが、大部分は地元の人々だった。顔を見れば、なんとなく知っている人たちだった。

根古万知にだって、まだまだたくさん、人が暮らしているのだ。

彼らはみな、車でショッピングセンターや国道沿いのチェーン店に行き、そこで買い物も食事も済ませている。なぜか。

なぜなら、商店街に何もないからだ。買うべきものも、食べるものも、何もない。

それは彼らのせいじゃない。俺たちのせいだ。俺たちが、買えるものを置かず、食べられるものを出さないからだ。客が減った、と嘆くばかりで、浮気している客たちを呼び戻そうと努力しなかったからだ。

冷蔵室に入り、棚から麺の入ったプラスチックケースを出し、調理台まで運んだ。

何の変哲もない、黄色い縮れ麺。若干細めだが、国夫の好みで太い麺は選ばなかった。

湯を沸かし、麺をひと玉茹(ゆ)でてみた。きっちりと時間をタイマーで計る。ここ数年、勘(かん)だけで茹でていた。茹で上がった麺を口に入れて嚙(か)む。

国夫は、調理場の椅子に座ってしばらく考えていた。

それから立ち上がった。

＊

澤井晋太は、在庫リストを抱えて狭い倉庫の中を行ったり来たりしていた。

昨日の興奮はまだ晋太の体内に残っていて、微熱でもあるかのようになんとなく全身にほてりがある。

とにかく、売れた。

飲食店の出店が少ないと聞いていたので、食べ物が売れるだろうとは予測していた。が、少し仕入れ過ぎたかなと不安になるくらい仕入れたはずなのに、あっという間に完売。さらに、食事ができない観客たちのために、カップ麺を売ってほしいと島崎の娘に頼まれて、倉庫にあったありったけのカップ麺を出してやったのに、それもほぼ完売してしまった。

いったいこの町のどこに、あれだけの人が隠れていたのだろう。晋太の目には、観光客よりも地元民のほうが多く見えた。

この町が過疎化している、というのは、何かの錯覚なのか？

いや、それは現実だ。

晋太が子供の頃でも二つ、炭坑町だった頃は四つもあったという小学校が、今は一つしかなく、一学年一クラスずつで、いちばん多いクラスでも二十人程度なのである。少子化も関係はあるのだろうが、そもそも、子供を育てている家庭の数が少ないのだ。

過疎は、確かにこの町を侵食し、今や喰らい尽くそうとしている。が、それでもまだ、この店を空っぽにするくらいの人間は残っているのだ。

晋太はこの倉庫が好きだった。子供の頃、友達と倉庫に入っては親に叱られた。それでも入るのをやめられなかった。

倉庫の中には、ぎっしりと、素晴らしい物が詰まっていた。大好きな菓子が箱入りで、それも段ボール箱に何箱も積み上げられていたのだ。それは夢のような光景だった。当たり籤が出ればオモチャのカンヅメがもらえるチョコレートだって、何百個もあった。全部開ければいったい何枚、当たりが入っているんだろう。そう考えただけでワクワクした。

けれど、それを開けてしまう勇気は晋太にはなかった。それらの物たちは「商品」であり、商品とは何か神聖なものである、と感じていた。それらの品物が売れるから、自分は御飯を食べたり学校に通ったりできるのだ、と。

とても早い時期から、晋太の「将来の夢」は、親のあとをついで『スーパー澤井』のオーナーとなることだった。この夢の城を自分のものにしたかった。野球選手も宇宙飛行士も、この倉庫を所有することと比べたらたいした夢には思えなかった。自分は跡取り息子なのだ。なんという幸運。

N市の商業高校に入り、そろばんだの簿記だの、真面目に習った。勉強なんか大嫌いだったが、やがては『スーパー澤井』のオーナーになるのだ、という思いがあれば、嫌いなことでも我慢できた。高校を出てこの店で働き始めてようやく、現実を知った。日用雑貨や食品の商売は、一つ売れて儲けが何十円の世界だった。この倉庫を自分のものにできれば、世界一幸福な男になれそうな気がしていたのに、実際には、店中の品物をかき集めて売り尽くしても、その利益でN市のマンションのひと部屋も買えやしない。それどころか、自動車一台分の利益も出ない、そんな世界だった。晋太の夢の国は色褪せた。

それでも、今さら他にやりたいこともないし。そうしているうちにバブルが到来した。あの頃、多少は好景気が影響していたのは確かだろう。同じカップ麺でも特売品よりは高級品のほうがよく売れたし、シャンパンだのティラミスだの、フォアグラのパテだのと、『スーパー澤井』には縁がないだろうと思っていた品物がよそよそしく棚に並んでいた。一つ売れれば何百円も利益が出るそうした高級品を、根古万知駅前商店街で買い物するような人たちがレジに持って来る、あれこそがバブルだったのだ。

が、同時に国道沿いに大きなショッピングセンターが建ち、休耕地だった道路沿いにチェーン店のファミレス、焼肉屋、紳士服店、カメラ店などがにょきにょきと現れた。そして、何があったのかよくわからないままにバブルが弾け、ショッピングセンターに行った客たちは二度と戻って来なかった。

あれからの二十数年は、毎年毎年、決算のたびに減り続ける年収の額に打ちのめされ、いろいろなことを諦め続けた日々だった。

あとはもう数年、なんとか生活費だけ稼いで、年金生活になったらここを閉めよう。商店街の他の店主たちだって、みんな同じようなことを考えているはずだ。そう思っていた……昨日までは。

昨日までは。

諦めの中で静かに、こつこつと暮らすことで満足していたのだ。別に負けたわけじゃない。過疎は俺たちのせいじゃない。できることはちゃんと、精いっぱいやって来たんだから。それに、『スーパー澤井』はこの死にかけの商店街の中では唯一、奇跡的にちゃんと利益をあげているのだ。少なくとも年単位では赤字ではない。この町にも、車を持たない年寄りはけっこう多い。駅があるせいで微妙に車がなくても生きていかれる環境なので、つれあいが死んでからは息子に送り迎えして貰うというばあさんが多いのだ。彼女たちは、ショッピングセンターよりも『スーパー澤井』を好む。エレベーターだのエスカレーターだのと面倒なものに乗らなくても買い物ができるから。そうした人たちのためにも、まだ少しの間この店は、開けておかないと。まあその程度の営業意欲で、晋太は仕事を続けて来た。

だが、昨日、目の前で飛ぶように売れていく品物を見ているうちに、晋太の心の中で何かが変わった。

ここは俺にとって、夢の国だったんじゃなかったか?

『スーパー澤井』のオーナーになることは、俺にとって、宇宙飛行士や野球選手になるよりも素晴らしいことだったんじゃ?

人はまだ、残っているのだ。過疎化しつつあるとは言っても、限界集落というわけではないのだ。

この店を空っぽにできるくらいの人間は、この根古万知にいるのだ。

だったら。

だったら、その人々に何か売るのが、俺の使命だろう？

今流行っているゲームはなんだ？

今人気のあるアイドルは誰だ？

今、売れている菓子はなんだ？

もう何年も、そんなことが商売の役に立つ、という感覚すら失ったままだった。

せっかくパソコンを持っているのに、インターネットでなんでも調べられるのに、俺と来たら、趣味の渓流釣り(けいりゅう)のことしか検索をかけたことがない。

新しいポスターをまわしてくれと、問屋に注文をつけることもしていない。

電話が鳴った。晋太は倉庫を出て、事務室の電話をとった。

「もしもし、晋太か？」

「ああ、国さん。なんだ、どうした」

「今夜、飯食おう。国道沿いの『こけし』で、九時でどうだ」

「それは構わんけど、祭りの打ち上げは明日やろ」

「違う、相談がある」

「相談？」

「おまえんとこが鍵なんだ。おまえが乗ってくれるのなら、みんなを集める」

「なんの話や」

「今度は祭りやなくて、本格的な再生や」

「再生……」

「俺はやり直す。一からやり直す。麺にねこまち甘夏の汁を練（ね）りこめないか製麺所に相談して、この夏にはねこまち甘夏冷やし中華を」

「おい、ちょっと待て国さん。なんの話や」

「商売や！　俺たちは商売人なんや！　だから、商売人として戦う」

3

「資金はどうするんだ。俺たちの店に今さら農協やら信用金庫やら、金なんか貸してくれんやろ」

「事業計画を作って談判に行こう。一軒ずつの店が個別に交渉しても無理やろが、商店街再生計画として申請すれば、話くらいは聞いて貰える」

「そりゃまあ、話は聞いて貰えるやろが、聞くだけ聞いて、検討します言われて、それで数日後にあれはちょっと難しいですわ、言われて終わりやろ」

「『スーパー澤井』は黒字出してるんやろ、晋太が交渉したらなんとかならんやろか」

「黒字言うてもなあ、なんとか食べていかれる程度で、店を改装するだの事業を拡張するだの、そんなレベルやないからなあ」

「食べていかれるだけましだ。俺んとこなんか、貯金の取り崩しだぞ。商売やめたほうが楽なんだ」

「それを言うなら俺んとこもそうだなあ、商売畳んで年金で慎ましく生きていくほうが」

「ちょっと待て！」

　国夫が怒鳴った。

「そんな後ろ向きなことここでは言わないでくれ。せっかく、もう一勝負しようと集まったんだ、やれるだけのことはやる方向で話し合ってくれ」

「すまん、国さん。けどな、現実問題として、本気で商店街の再生計画を実行する気なら、資金の問題は避けて通れないぞ」

　晋太の言葉に、国夫は腕組みしたまま唸った。

「金か……やっぱりそこやなあ」

「国さん、あんたのとこ、甘夏を練りこんだ麵の試作にはどのくらいかかる」

「なんやかやで百万は覚悟してる。まあそのくらいで済めば、蓄えでなんとかなる」

「まあうちも、店内をちょっと改装して品揃えを見直すくらいなら、自前でなんとかするわ。他の店も、自分とこで売るもんとか店の改装とかは、自分らで資金を工面して貰うしかないわな」

「そんな金、ないわ。中身は今のまんまでは再生計画に入れて貰えないんか」

「いや、そんなことはない」

　国夫が言った。

「店の中は今のままでもええんや。けど、祭りでなく商売で商店街に客を取り戻す工夫が必要なんや。まずはシャッター、ちゃんと綺麗に色を塗り直す」

「剝がれた敷石もなんとかしないとな」

「アーケードの補修もして、照明も明るくする」

「それでいくらかかる？」

晋太が腕組みして言った。

「……五百万、でなんとかなるやろか」

「五百万！」

一同から溜め息が漏れた。

「いや、アーケードの補修だけやったら、商店街の補修積立金でなんとかできる。おい、会計は誰やった？」

「俺だ、俺」

『文房具の店　たけじま』の主、竹島陽吉が手を挙げた。

「補修積立金は十五年前に台風でアーケードに穴が開いた時いっぺんつかっちゃったよ。今は通帳に二百万もない」

「アーケードの補修くらいならそれでまかなえないかな」

「どの程度しっかり直すかにもよるだろうな。けど、これしかない、って言ってまけさせることはできるよ、地元の工務店つかえば」

「照明とシャッターの塗り替え、歩道の敷石の補修で三百万、ってとこか」

「ただ綺麗にしただけで客なんか来るかよ」

「わかってる」

晋太が言った。

「ただ綺麗にしただけでは客は来ない。その通りや。商店街再生の鍵は、空家になってる店舗に集客力のある店を呼ぶことや。今回の祭り、ねこまちフェスティバルのおかげで、ちょっとは根古万知の名前が世の中に広まった。それを利用して、全国から出店を募る」

「募るって、客が来ない田舎の商店街にどこの企業が店なんか出すよ」

「企業やない、個人や」

「個人ならなおさらだろう。企業なら儲からなくてもアンテナショップ的な出店ができるが、個人だと利益が出なければどうにもならん」

「アーティストを呼ぶんや」

「アーティスト?」

「猫をモチーフにした陶器とか絵とかを創ってる、陶芸家やら絵描きやらおるやろう。まだ売れてなくて資金がないから自分のギャラリーは持てず、インターネットで作品を売ったり、ネットショップに委託販売しているアーティストに、店舗と住む家を提供する。破格の家賃で。商店街には空き店舗が二十以上ある。そこにそうしたアーティストのギャラリーが並んだら、それだけでも話題になるやろ。二階も空いてるとこなら上に住んで貰えるし、町内にはアパートもある。もともと、シバデンは根古万知を猫の町の駅として売り出そうとしたんや、けど駅以外になんにもなくてすぐに飽きられた。商店街が猫アートのギャラリーで埋まれば、この町はほんとに猫の町になり、駅は、ねこまちの駅になる。今度は観光客も、ただ駅に着いて折り返すだけやなくて、商店街を歩いて猫アートを楽しめるし買い物もできる」

「晋太、おまえなんでそんなアイデアを」

「信平の考えや」

晋太は笑った。

「昨日、国さんと相談してな、信平にも意見を聞いてみた。そしたら信平はもうとっくに、祭りに頼らずに商店街を再生させる案をいろいろ練ってたんや。その中の一つが、商店街を猫アートストリートにする、ってもんやった。あの音無って女優さんが思いついたらしい。これならそんなに金もかからず、実現可能やと思うんや。他にも信平は、町のいたるところに猫の像を置く、ゆう案も出した」

「猫の像って、そんなもん発注したら高くつくで」

「最初は安物でええんや。通販で買えるような、庭においとく安物で。そんなもんでも、町のいたるところに置いてあったら面白いやろ。町おこしが軌道に乗って来たら、ちゃんとそれらしいもんを発注できる」

「子供のオモチャとかぬいぐるみとかでもいいのかな。うちのガキのもんが物置にあるけど」

「ぬいぐるみは汚れるとやっかいだし、雨に濡れないように置かないとならんからな。けど、どこの家にも猫のぬいぐるみの一つくらいあるやろから、それらを集めて、駅と商店街にまとめて飾るのは面白いな。ガラスケースみたいなのに入れて」

「ディズニーランドにあったな、人形が並んでてみんなで歌うやつ。あんなふうに楽しそうに飾ればいいかもしれない」

「まだまだ、考えればいくらでも思いつく。この町が本物のねこまちになれば、観光客はきっと集まって来る。そして年に一度のねこまちフェスティバルだ。信用金庫だってきっと、金を貸してくれるよ」

「その金だが、ちょっとだけ俺にも出させて貰えないかな」

てんでに喋（しゃべ）りつつ、顔を赤くしていた一同は、話に割って入って来た人物を見て、ビールジョッキを手にしたままで驚いた。

　そこには、河井と信平が立っていた。

「あんた……河井さん」

「いいかな、お邪魔しても」

「あ、いやもちろん。こっち座って」

　河井と信平は、国夫の隣りに腰をおろした。

「遅れてすみません。河井さんを迎えに行ってたもんで」

「車運転して自分で来たら良かったんだが」

「それだと河井さん、飲めないでしょ。今夜は下戸（げこ）の加藤さんがおくって行きますから」

「信平さん、俺は下戸じゃないよ。医者に酒を禁じられてるだけだ」

　加藤は笑った。

「河井さん、一昨日（おととい）のあれ、すごかったね。まさかＵＦＯの正体が、ビニールハウスだったとはなあ」

「昔はあのあたり、ビニールハウスで埋まってたよなあ、確かに」

「何を作ってたんだったけな」

「トマトとかきゅうりやったんと違うか」

一同がうなずき、てんでに昔の想い出話を始めた。

信平と河井はつがれたビールを飲んだ。

「で、さっきの話だけど」

河井がリラックスしたところで国夫が訊いた。

「商店街再生のための資金、あんたがいくらか出してくれるって」

「うん、出させて貰えないかな」

「しかし」

「それぞれは店の改装やら新商品の開発やら、いろいろ金がかかるんだろう。俺はもう引退した身で、貯金もあるし生活には困らない。なにしろあの、古根子の暮らしは金なんかほとんどかからないもんな。実はN市に、マンションの部屋を持っててね、今は人に貸してるんだ。新婚の頃に女房の実家が買ってくれたもので、自分たちで家を持ったあともずっと人に貸してた。娘が結婚したら、リフォームして娘夫婦が使えばいいとか思っててさ。けど、まあそんなもんだけど、娘がいよいよ結婚が決まって」

「ほんまか？　それはおめでとう」

「うん、まあ相手の男は人もいいし、仕事も堅い。役所勤めだ。だから良縁なんだが、その役所ってのがさ、なんと福岡なんだ」

「福岡……それはまた遠いなあ」

「遠いよ。娘が趣味の山登りで、どっかの山で知り合ったらしい。福岡で役所勤めじゃ、定年まで福岡を離れないだろ。それでもう、管理もめんどくさいし、そのマンションを売ることにした。Ｎ市駅から徒歩圏内なんで、古いけどいくらかの金にはなる。俺が古根子での生活が嫌になったら逃げ帰る場所として確保しとこうかとも考えたんだが、どうも俺、古根子での生活が心底、好きらしいんだ」

　河井は笑った。

「もうあそこを離れて暮らすことは考えられない。二十一世紀の日本でさ、電気もない暮らしを好き好んでするなんて、贅沢だろう。それにあの村には……ひなちゃんの魂が今でも笑いながらいるような、そんな気がするしな……まあマンション売るったってＮ市もしょせんは田舎のちょっとでかい町でしかない、たいした金にはならないよ。けど、通帳に入れて数字のまんま寝かしといたら、金なんかいくらあったってしかたない、通帳じゃ硬くて洟もかめんからな。古根子で暮らしている限りは、ほんとに金はいらない。そんなだから、あんたたちの事業に出資させて貰えるなら、金も生きるだろうと思ってさ」

「それはありがたいが、しかし、うまくいくとは限らんのやで」

「いいんだ、湊もかめない金よりは、ちょっとでも何かを産み出す金にして貰えたらそれでいい。別に全財産なげうつつもりはない、まあせいぜい、俺が投資できるのは三百万ってとこだ。その金がとりあえずなくなっても、俺は特に困らない。女房が心配性だったんで、ガン保険やらなんやらにも入ってるしな、この先病気になったとしても、なんとかなるだろ。どうにもならなくなったら、あんたらが俺のめんどうをみてくれよ」

「死ぬ気でみさせて貰うわ」

国夫が言うと、一同は拍手した。

「ちゃんと毎月返済できるように、がんばらせて貰います」

「なんやこれで、ほんまに希望が出て来たな」

「河井さんの金があれば、歩道の補修はできる」

「あとは照明やら、シャッターやらか」

「それなんですが」

信平が言った。

「ネットで検索してみたところ、ねこまちフェスティバルの前は根古万知で検索かけてもノンちゃんのことしかひっかかって来なかったのが、昨日検索したら一気にヒット数が増えてるんですよ。地元テレビだけでなく、一昨日の夜の全国ニュースでも流れたおかげですが。せっかく知名度があがったんだから、それを利用したらどうかと思って。クラウドファンディング、って知ってますか」

「クラウド、なんやて？」

「横文字はあかん。ネット用語とか俺ら知らんわ」

「あ、俺聞いたことある。なんかネットで金を集めるんじゃ」

「そうです。たとえば映画です。撮りたい映画はあるけど資金がない。で、ネットで、これこれこういう映画を撮りたいんですが、どなたかお金を出してくださいませんか、と呼びかけるんです」

「そんなんで金を出す人がおるんかい」

「全額を一人でぽんと出す人はいないですが、その映画が面白そうだなと思えば、一万円くらいなら出してもいいよ、という人はいるかもしれない。あるいは五千円、三千円なら。映画の全費用を集めるのは難しいですが、全部で五千万円かかる映画の一割、五百万円が集まれば、プロモーション用のパイロット版くらいは撮れます。それを持ってプロデューサーがまわれば資金集めもしやすい。千人の人が同意してくれたら、五百万円でも一人五千円で済みます。そうやってネットで資金を募るのがクラウドファンディングです」

「しかし金出すだけで何の見返りもないんやったら三千円でも嫌やなあ、俺は」

「ええ、なので、出していただく資金に応じて特典を用意するのが普通です。映画の場合だと、エンドクレジットに名前を入れる。映画館でそれを観た時、出資した人は自分の名前がスクリーンで流れるのを見られるわけです」

「そうか、それはなんやええなあ。五千円くらい俺も出すわ」

「他にも、たとえば捨て猫の保護をやってるボランティア団体が、猫たちの保護施設を改築したい、なんてのもありますね。その場合だと、出資すれば猫の絵葉書が貰えたりするわけです。今や、ありとあらゆる事業がクラウドファンディングで資金を集めてます。しかし詐欺的な行為を防止するため、資金を募る期間と目標額を設定して、その期間内に目標額が集まらなければご破算になる方が主ですね」

「この商店街の再生計画なんかで、それができますかね」

「漠然とした再生計画、では無理ですが、たとえば商店街に、猫の形をした照明設備を何個か設置するため、みたいな感じで具体的にすれば、可能です。あるいはシャッターに猫の絵を描いて貰うため、とかですね。シャッター一枚に猫の絵を描いて貰うのに三十万円かかるとして、まずは五枚で百五十万。そのくらいなら集まるんじゃないかと」

「照明の分だけなんとか信用金庫とかけあって、二百万も出させられれば」

「河井さんの出資も、ネットでの出資募集もすべて、事業計画に入れられます。しかし何よりもまず、空き店舗に入ってくれる猫アーティストを探しましょう。その仕事、島崎愛美さんにお願いしたらどうかと思うんですが」

「国さんの娘のか？」

「はい、島崎愛美さんは今度、ねこまちフェスティバルを毎年開催していくための、プロモート会社を創るんです。この商店街の再生事業に関連したリサーチ業務もお願いできると思います」

「愛美にそんなことできるんかな」

国夫が言ったが、一同から一斉に、できる、愛美ちゃんならやれる、の声があがった。

「今度のフェスティバルかて、あの子がものすごう頑張ってたやんか。愛美ちゃんやったら大丈夫や」

「それにあの娘は、ノンちゃんの飼い主やしな。あの猫、あれはやっぱ欣三さんが言う通り、神様のつかいやで。あの猫が現れて、この町は確かに変わった」

「ほんまやな。あの猫が、なんや新しい風みたいなもんをここに持って来たんや」

一同は、うんうん、とうなずいていた。

「うん、いいよこのサイト。とても洒落(しゃれ)てる」

「慎一さんの写真がいいから」

「いや、愛美さん、ｗｅｂデザインの才能がありそうだ。やったことあるの？」

「ＯＬ時代に少し。お手伝いしていた程度です」

愛美と慎一は、未公開のサイトの動作状況を二人で確認した。

「役場の対応、早かったね」

「助かりました。予算は来期からですけど、今期の分は町おこしの従来予算分から出してくれることになって」

「でも、もっと広い事務所借りなくてよかった？」

「ここのほうが、ノンちゃんが落ち着きます」

愛美は部屋を見回した。それは、愛美が暮らしているアパートとまったく同じ間取り。アパートの空き室を事務所として借りたのだ。愛美の部屋は事務室の真下。大家の許可を得て、上下の物干し場を網(あみ)で囲い、慎一が作った小さな梯子(はしご)をかけた。その梯子を器用にのぼって、いつでも好きな時にノンちゃんが行き来できる。

「恵子おばさんは寂しがってるけどね、ノンちゃんがもう駅に来てくれないって」

「土日は駅に連れていく約束なんです。ノンちゃん目当てのシバデン乗客もまだ多いみたいで。それで、最初にあたってみようと思うのはこの人なんですけど」

　愛美は画面に、別のサイトを表示させた。

「町役場のサイトの、猫アーティストの移住者募集に応募してくれた人なんです」

「へえ……これは素敵だな、猫の彫刻か。……ガーデンアート、って言うんだね。この人は彫刻家でもあり、ガーデンデザイナーでもある、なるほど」

「今は大阪に住んでらっしゃるんですけど、根古万知が猫の町になろうとしている点に興味を持たれたみたいで。町中に猫の像を置いたり、猫の絵や写真を飾ったりする、そういう作業全般もやってみたい、と」

「それは願ったりだけど、予算の問題があるよ」

「ええ、その点はよく話し合います。基本的には我々が提供できるのは空き店舗と住居費の補助程度で、経済活動は自力で行って貰わないとならないので。でもこちらの予算の範囲であれば、この人にお願いできることもあると思うんです。何より、この人は今でもネットを通じて自作の販売をしているので、拠点をここに移しても経済活動が続けられるようなんです。ガーデンデザイナーとしての仕事は大阪が多いみたいですが、シバデンでN市に出て特急に乗れば、大阪までは二時間かかりませんから、日帰りで打ち合わせできるので大丈夫ってことなんです。火曜日にお会いすることになったので、大阪まで行って来ます。それともう一人、候補なんですけど。この人です。この人も役場の募集に問い合わせてくれたんですけど、猫アクセサリーを自分のネットショップで売ってらして……」

慎一は、夢中で説明を続ける愛美の横顔を見つめていた。

愛美は、とてもきれいだ。初めて会った時のあの、どこかおどおどと自信がなさそうだった女性はもう、どこにもいない。今の愛美は、人生の一瞬一瞬を心から楽しみ、慈(いつく)しみ、まっすぐに前を向いている。

この女性と出逢(であ)えた奇跡を、神に感謝しよう。

にゃーん。

いつのまにか足下にすり寄っていた猫が、慎一を見上げて鳴いた。慎一は猫を抱き上げて頬ずりした。物干し場にさしこんでいた日をたっぷりと浴びて、猫は、とてもいい匂いがした。

おひさまの匂いがした。

4

うーん。

慎一は、ファインダーの中に鎮座した猫の像に首を傾げた。何か、何か少し違うんだよなあ。

商店街にもギャラリーをオープンさせた猫アーティスト、水島さおりの猫の像は、確かに個性的でとても愛らしい。この町のシンボルとなるにはふさわしいものだと思う。だが、それをこうして写真に収めてみると、何か違和感というか、残念な感じがある。像そのものの魅力が、町の中に置くことで必ずしも活かされていない気がするのだ。むしろ、ギャラリーの中に展示してあるほうが魅力的かもしれない。

オブジェ自体は新しく制作したものではなく、もともと水島かおりの作品として、個展などにも出品されていたものばかりだ。全体として、猫の惑星ウォーターアイランドの住猫たち、というコンセプトがあり、顔も体型もひとつずつ違うが「同じ星に住む仲間」としての猫たちが、笑ったり泣いたり怒ったり、食べたり飲んだり、畑を耕したりパソコンをいじったりしている像が、数十体、水島さおりが大阪市内に借りている倉庫に詰まっていた。その中から、愛美と二人で選んだ十二体が、駅構内、駅前ロータリー、商店街、そして農協の前までに配置された。もともとガーデンアートとして作られたものなので、雨ざらしでも問題はない。だが一体平均五万円ほど、全部で約六十万円の購入費用はけっこうな出費である。それぞれの像は大きめのぬいぐるみくらいの大きさで、素材の違う石でできている。そのため、地面に直接置いたのでは低くなり過ぎる。台座を地元の石材店に注文しようという意見もあったが、石の台座に載せてしまったのでは移動が困難になるし予算的にも厳しい。考えたあげく、ホームセンターで購入できる金属パイプを組み合わせて置き台のようなものを作った。商店街のメンバー総出で、十二個の置き台製作に延べ一週間。それ自体は、手作り感があって悪くない。チープな感じも味のうちだろう。

けれど、その台座に乗っかった猫のオブジェは、なんとなく居心地が悪そうに見えてしまうのだ。

この違和感は気に入らないな。慎一は、カメラから顔を離し、自分の目でもう一度、像を見つめた。いったい何が悪いんだろう。

「おはようございます」

背後から声がかかって、慎一は振り返った。ハーネスをつけた猫を抱いた愛美が、明るい笑顔で立っていた。慎一は嬉しくなった。

「おはよう。散歩？」

「いえ、今日はN市のシバデンさんまで、会議をしに行くんです。それでノンちゃん、今日は臨時駅長さんです。猫オブジェの写真ですか？」

「うん、町民だよりに載せるんだけど」

「写真、ねこまちフェスティバルのページにも使わせてくださいね」

「もちろん」

「もしご面倒でなければ、いろんな角度から撮ってほしいんですけど」

「いろんな角度？」

「ええ。お人形やぬいぐるみをいろんな角度から撮ると、笑っているみたいに見えたり悩んでいるみたいに見えたりするじゃないですか。ああいう感じで、いろんな感情が表現できないかなって」

「それはライティングでいろいろできると思うけど、笑っているように見えるものだけじゃだめなの？　悩んでいる表情とか、どう使うの」

「物語を創ってみようかな、って」

「物語？」

「ノンちゃんが暮らしている架空の町、ねこまちで、他の猫たちもみんな生活しているって設定で。とりあえず十二体のオブジェをそれぞれ住民にみたてて、写真物語にしたら面白いかな、って考えたんです。背景はイラストで」

「……背景」

「せっかく、畑を耕したりパソコンを使ったりしているオブジェがあるので、背景を畑にしたりオフィスにしたり、写真絵本みたいな感じでどうかな、って」

慎一は、パン、と手を叩いた。

「それだ！」

「え？」

「それだよ、それだ！　違和感の正体がわかった」

「違和感？」

「今ね、このオブジェの写真を撮っていて、魅力が足りないなと思ったんだ。むしろギャラリーに飾ったほうが良く見えるんじゃないかな、って。ここにあると何か違和感があるんだよ。でもその理由がわかったんだ。オブジェそれぞれが持っている物語、それと、設置されたこの場とが乖離してるんだよ。むしろギャラリーに置けば、鑑賞する側が自由に背景をイメージできるからその違和感はない。でもこうして現実の町に置いた時は、観る人が芸術を鑑賞しているわけじゃない。そうじゃなくて……観る人たちは、この像とここで遭遇するんだ。出逢うんだよ！　ギャラリーに出向いてわざわざ観るんじゃなくて、偶然、ふと出逢うんだ。その時に、台座に置かれたよそよそしい姿で、勝手に畑を耕したり食べたり怒ったりしてる猫じゃ、観る人は感情移入できない。それじゃだめなんだ。ほら、猫の像を置こうってアイデアが出た時に君が言っていたよね。街角で不意に猫たちに出逢ったら楽しい、って。それが大事だったんだ。僕らはこの像を購入したことで、どこに飾ろうか、って発想になってしまった。そうじゃなくて、この像、この猫たちそれぞれの物語にふさわしい場所で、生きて貰わないとだめなんだ。この根古万知には、ねこまち、という重ね合わされたもう一つの世界がある。そっちの世界で生きている猫たちと、運が良ければ出逢えるかもしれませんよ、そういうアプローチで設置しないと！」

「運が良ければ……出逢える」

「そう。運が良ければ。猫たちは飾り物じゃないんだ。ここで生きているんだ。ある日はラーメン屋の椅子の上に、ある時は商店街の隅っこに。駅にいることもあれば、バスを待っていることもある。屋根の上にいるかもしれないし、畑仕事をしているかもしれない。木々の間から顔を半分のぞかせていたり、軽トラックの荷台で昼寝していたり」

「面白いです！」

愛美も手を叩いた。

「それ、すごく面白いわ！」

「うん、でも手間はかかるよ。十二体のオブジェを毎日違う場所に動かすなんて」

「毎日でなくてもいいと思います。たとえば金曜日に動かす、と決めておけば、毎週末に遊びに来て貰っても見るたびに違う場所にいることになるわ。それと、担当を決めておけば」

「担当？」

「十二体のオブジェに名前をつけて、担当ボランティアを募るんです。飼い主、と言うとちょっと違う気がするので、パートナーとか、親友とかいう設定で。その人たちに、週に一度、好きな時にオブジェを好きな場所に動かしてもらう。範囲を決めておくことと、個人の敷地内はだめとか、危険な場所はだめとか、ある程度のルールを作っておいて。全部同じ日に動かすのではなくて、動かす日もパートナーの気分次第でいいと思うんです。そうすれば、わたしたちにもどのオブジェがどこで何をしているのかわかりません。毎日の遭遇が、観光客だけではなく町の人にも楽しみになるはずです」

「いいな、それ。いいよ！」

「十二体にそれぞれ名前をつけたら、年齢とか性格とか、経歴も作りましょう。ネット上で彼らの物語を公開して。ノンちゃんと関連づけて」

「よし、それで行こう！」

慎一はそう言うなりカメラを構えた。さっきまで抱いていた違和感が嘘のように消え、慎一の目にはもう、物語の中で生きる猫たちしか映っていない。

夢中でシャッターを押し続け、ふと気づいて見回すと、愛美の姿は消えていた。しまった、挨拶もしてないのに。でもきっと、愛美は怒っていないだろう。むしろ微笑んでいたはずだ。

慎一はそう自分に言い聞かせて、またカメラを構えた。

＊

猫を主題にした作品を発表するようになって、もう二十年が過ぎた。

水島さおりは、ガラス戸の向こうに見える商店街の通りに目をやった。大阪で持っていたものと比べると小さなギャラリー兼工房だが、とても気に入っている。

根古万知、という駅に降り立った瞬間に、さおりには予感のようなものがあった。

ここだ。ここが、ずっと探し求めていたわたしの町、だ。

二十年前、さおりは二十代半ば。美大を出ても希望する就職口は見つからなかったし、いずれは創作活動で食べていきたいと思っていたので、アルバイトに頼る生活を続けていた。週に二回、子供向けのお絵描き教室の助手を務め、週に三回、スナックのカウンターで酔客にビールを注いだ。創作に必要な場所を確保するために、使われていないガレージを借りていた。ガレージにベッドを持ちこんで暮らし、パンの耳を齧り、風呂代を節約するためにバケツに入れた湯で髪を洗っていた。それでもみじめだとは思わなかった。いつかきっと、自分が創るものにお金を出してくれる人が現れる。そう信じていられたのが、若さ、ということなのだろう。

そしてある日、猫を拾った。

ふらっと現れて、少しだけ開いていたシャッターの下からガレージへと入って来た、猫。

悠々と、当然のようにさおりの膝に乗った。猫など飼ったことはなかったけれど、さおりの手はごく自然に、その猫の背を撫でていた。

その夜から、さおりは「猫」を創るようになった。なぜか「猫」を創りたくて。

そして、創った「猫」に値がついた。ガーデンインテリアを扱う店が、さおりの猫たちを買い上げてくれた。

軌道にのった、というほどではないけれど、以来、なんとか猫アーティストの末席で生活を保っている。大阪のガーデニング用品チェーンが顧客についてくれ、ホームセンターなどにも「水島さおりキャットタウン」という名前の小さなコーナーが作られている。風呂のついた部屋で暮らせるようになり、友達と飲みに出かけたり、好きな映画を映画館で観たり、たまには旅行に出かけたりもできるようになった。

けれど、あの猫は去ってしまった。

ある夜、そろそろ一人でも大丈夫ですよね、と言うように鳴いて、窓から出て行ったのだ。もう五年は前のこと。

駅長猫ノンちゃんの写真をインターネットで見た時、さおりの心臓は飛び跳ねた。

間違いない。

これは、あの子だ。わたしの猫。わたしの、ミーちゃん。

気の利いた猫の名前など思いつかなかった。世間の猫好きが飼い猫にどんな名前をつけるのかも知らなかった。猫といえばミー。それだけ。

でもあの子は気を悪くした素振りも見せず、ミーちゃん、と呼ぶと目を細めてくれた。

さおりは、はやる気持ちを抑えてねこまちフェスティバルを覗きに来た。あまりにも人が多かったためか、ノンちゃんが駅のケージの中にいる時間は短かったけれど、それでも一目この目で見て確信したのだ。

ミーちゃん！

そう呼びかけると、猫はおっとりと欠伸(あくび)をし、さおりをじっと見つめ、それから……

それから、笑った。

本当だ。確かに、笑ったのだ。微笑んだのだ。

この町が、この商店街でギャラリーを持つ猫アーティストを募集していると知っても、だから驚かなかった。すべてはミーちゃんがしてくれたこと。わたしをこの町に連れて来るために。

けれど、ノンちゃんには別の飼い主がいた。さおりは、ミーちゃんのことを今でも秘密にしている。それでいい、と思っている。

あの子が自分で選んだのだから。新しい飼い主、この町での生活を。

ただひとつだけ、秘密にしておくのが辛(つら)いことがある。大きな声で言いたい。叫びたい。世界中に教えてあげたい。

この町には、奇跡の猫がいる、と。

幸せをもたらしてくれる、奇跡の猫がいるのだ、と。

終章　終わりよければ

「はい、今日は今ネットでも話題の猫の町、その名も根古万知にお邪魔していまーす。根古万知、こんな字を書くんですよー」

歯が真っ白な女性アナウンサーは、根古万知、と書かれたフリップをテレビカメラの前に出して見せた。

「発音は、ねこまんち、なんだそうです。でも今ではこの町の人たちも、ここを、ねこまち、と呼んでます。あちらに見えるのが柴山電鉄の根古万知駅、でもこの秋からこの駅名も、正式に、ねこまち、となるそうです。そしてそして、このねこまち駅の駅長さんは！」

ノンちゃんを抱いた塚田恵子の姿が画面に現れた。

「あの猫ちゃん、ノンちゃんでーす！」

「塚田さんもだいぶ取材馴(な)れして来ましたね」

町役場の広報担当、伊藤(いとう)が評論家のような顔で言う。

「あまり受け答えが上手だと、素朴さに欠けるんじゃないですかね」

愛美は思わず笑い出した。

「塚田さんとノンちゃんの取り合わせは絶妙です。素朴なだけが地方都市の良さじゃないと思いますよ」

「あなたがテレビに出ればいいのに。あなたのほうが話題になりますよ。町おこしのために会社を創った女性、ってことで。もともとノンちゃんはあなたの飼い猫でしょ」

「ノンちゃんは……あの猫は、誰の飼い猫でもないんです。あの子は自分の意志でこの町に来て、そうしたいからこの町にいるんです」

＊　＊　＊

ラストシーン。

白い水飛沫(みずしぶき)の中、音無佐和子演じるヒロイン、日菜子(ひなこ)が目を閉じる。日菜子は持病の心臓病が悪化し、今、死を迎えようとしている。

しかし日菜子は、幸せだった。

波乱万丈の人生の最後、日菜子がたどり着いた、電気もない村、仔猫集落。

そこで彼女が得たおだやかな日々の幸福が、日菜子をこの上もなく美しく輝かせた。

静かな音楽と共に、エンドロールが流れ始めた。

愛美は、知らぬ間に頰を伝っていた涙をハンカチでおさえた。

場内が明るくなり、愛美は隣りに座っていた慎一と顔を見合わせ、思わず笑った。

「また泣いちゃった。わたしの涙腺、おかしいですよね。試写会の時から合計、七回は観てるのに」

慎一も笑って言った。

「僕も四回目なのに泣きそうだったよ」

二人は笑い合いながら映画館を出た。

電車で一時間ほどの「地元」が舞台になっているとあって、N市の映画館では連日大盛況らしい。音無佐和子が監督と主演をした映画『さすらうひと』。脚本はなんと、信平が書いた。どうしてそういうことになったのか詳しいことは知らないが、信平はとてもはりきっていた。その信平は、来春には井沢伸子と結婚するらしい。

『さすらうひと』のヒロイン日菜子は、謎の女だ。ある日突然、仔猫集落に現れて住み着いた。映画は、日菜子の回想から彼女の壮絶な人生をさかのぼる。それは昭和の記録であり、一人の女性の一代記でもある。

そして最後にたどり着いた仔猫集落での日々は、根古万知一帯の自然美が思う存分に描かれている。

素晴らしい映画だ、と、愛美は思っている。音無佐和子がかき集めた資金に根古万知町が協賛金をいくらか出し、あとはクラウドファンディングと、愛美が毎日足を棒にして歩き回って募（つの）った寄付金、総額四千万円。昨今の映画事情では低予算とは呼べないらしいが、潤沢（じゅんたく）とはとても言えない予算だった。音無佐和子は、借金を背負う覚悟でいたらしい。

が、劇場公開の前に海外の映画祭にエントリーしたところ、なんとグランプリを受賞してしまった。そのおかげで国内の映画賞にも何部門かでノミネートされている。今週からN市と大阪、福岡で先行ロードショー、来週には東京で公開記念イベント、そして全国ロードショーが始まる。この映画がヒットすれば、間違いなく観光客は増えるだろう。愛美と慎一は連日古根子集落に通い、観光客に対応する準備をしていた。その合間に根古万知町民会館で町民を対象に無料上映会が行われ、二人はそれを見終えたところだった。

「来週だっけ、テレビに出るの」

「ええ、火曜日です」

「大阪に行くの？　ノンちゃんはお留守番。ノンちゃんも一緒？」

「ノンちゃんは何事にも動じないタイプだけど、それでも大阪まで連れて行って、テレビ局でライトやカメラを向けられるのはかなりストレスになるでしょう」

「それはそうだね、人間だってストレスになる。でも愛美さんはもっとテレビに出たほうがいいよ」

「嫌（いや）です」

愛美は言った。

「わたし、向いてないもの。地元のケーブルテレビでもあんなに緊張したのに、大阪ローカルとは言え地上波のテレビなんて……ほんと、考えたら憂鬱（ゆううつ）になります」

「でも会社とこの町のためだったら、苦手なこともしなくちゃね」

「ひとごとだと思って気軽に言わないで。そうだ、火曜日には慎一さんが出ればいいわ、テレビ。慎一さんだってスタッフなんだもの」

「愛美さんだから出ませんかってオファーが来たんだよ。代わりに僕が、なんて言ったらテレビ局がガッカリしちゃうよ」

二人はいつのまにか、手を繋いでいた。

「歩いて帰ろうか。ほら、すごい星」

慎一に言われて見上げると、満天の星空があった。

「……本当にきれい」

「だよね」

「これも根古万知のアピールポイントになるわ！」

「古根子集落だともっと綺麗だよ」

「星の観察会とか撮影会なんかも、できますね」

「うん、あ、そうだ、知り合いに天体撮影やってる人がいるから、今度話を聞いてみるよ。星空の撮影会、予算や準備にどのくらいかかるのかとか、一年でベストシーズンはいつ頃か、とか」

「一つだけ、腑に落ちないことがあるの」

「腑に落ちないこと？」

愛美はうなずいた。

「ノンちゃんは雛村さんの飼い猫だったのよね」

「雛村さん自身が、あの集落に定住するつもりはなかったんだろうから、飼い猫というほどはっきりした関係じゃなかったのかもしれないね」

「でも、雛村さんが可愛がっていた。雛村さんの姿が消えてから、ノンちゃんはどうしていたのかしら」

「そのまま集落にいたんだと思うけど。田舎の猫は、野ネズミや蛇、虫なんか食べてるから、人に餌をもらわなくてもけっこう平気だよ」

「でも集落にずっといたんだとしたら、誰かは餌をあげていたと思うんです。それこそ欣三さんだって、雛村さんが可愛がっていた猫をほったらかしにしたとは思えない。でも、それならなぜ欣三さんは、それを突然家に連れて来てしまったのかしら。雛村さんが戻って来ると信じていたのなら、ノンちゃんをわざわざ、猫アレルギーのある奥さんがいる家に連れて来る必要はなかったと思うんです」

「あ」

慎一は、愛美を見た。

「そう言われてみたら、そうだな……餌をあげていたんなら、そのまま古根子集落においておけば良かったんだ……」

「わたし、思ったんです。もしかしたら雛村さんの姿が消えた時、ノンちゃんも姿を消したんじゃないかって。それが、突然戻って来た。欣三さんはまた姿を現したノンちゃんを見つけて……それを……雛村さんの生まれ変わりだと思ったんじゃないか……少なくとも、ノンちゃんの中に雛村さんの魂のようなものが宿っていると感じたんじゃないかって」


愛美は、そう言ってから自分で打ち消すように首を振った。

「ごめんなさい、なんか突拍子もないですよね。でも……雛村さんは人生の最後に、古根子集落での生活を気に入ってくださっていた。ノンちゃんが現れてから、この町は変わりました。この空のどこか遠くから、雛村さんが見守っていてくださる、そんなふうに思いたいな、って」

「ねえ慎一さん。……この町は、変わったのかしら……少しは」

「少なくとも、変わり始めてはいると思うよ」

「変わることで、みんなが幸せになれるのかしら」

「みんなが幸せになれるかどうかは、正直、わからない。変わらないままのほうが幸せだ、って人も必ずいるからね。だけど、変わらないままだったら見えない景色が今、目の前に広がっていることは確かだ。階段を一段あがるごとにそれまで見えなかったものが視界に入って来るように、この町の人たちはみんなで今、体験したことのないことを体験している。それだけでも、すごいことだよ。それはまさしく、未知との遭遇」

慎一は笑った。

「UFOはやっぱり着陸していたんじゃないかな、あの丘に。そして宇宙人は、この町がとても気に入って、この町の人たちがこの町の良さにいつか気づけるように、ノンちゃんを置き土産にしていった」

「それ、新しいねこまち物語にできそう」

「また、『ねこまち甘夏どら焼き』の包み紙に印刷する？　前に印刷されていた『炭坑のノンちゃん物語』は大好評だったたね。だけど、どうしてどら焼きにしたのかなあ、信平さん。もっと今風なお菓子にするのかと思ってた」

「どら焼きだからいい、のかも。ほら、ノンちゃんの似顔絵も、どら焼きならつけるのが簡単だし」

「あっ！」

慎一が叫んだ。

「今のあれ、なんだ⁉」

「えっ……」

「今、何か光る球がこう、スッ、スッって横に流れたんだ」


二人は首が痛くなるまで、夜空を見上げていた。

空には星。
足下には地面。
木々には甘夏の実。
丘にはＵＦＯ。
シャッターには絵が描いてあり
古びた写真館では芝居が上演される。
商店街にはアーティストが住み
駅には猫。

それが、わたしの故郷。
わたしたちの町。

悪くないよね。
愛美は思った。
悪くない。いや、ラッキーなことだ。
この町で生まれ、この町に戻って来た。
そしてこれからも、この町で生きていく。

それは本当に、幸運なことだ。

（この作品は平成二十九年十一月、小社より四六判で刊行された
『ねこ町駅前商店街日々便り』を改題し、加筆・訂正したものです）

ねこまち日々便り（下）ひとも来た編

一〇〇字書評

切・り・取・り・線

購買動機（新聞、雑誌名を記入するか、あるいは○をつけてください）	
□（　　　　　　　　　　　　）	の広告を見て
□（　　　　　　　　　　　　）	の書評を見て
□ 知人のすすめで	□ タイトルに惹かれて
□ カバーが良かったから	□ 内容が面白そうだから
□ 好きな作家だから	□ 好きな分野の本だから

・最近、最も感銘を受けた作品名をお書き下さい

・あなたのお好きな作家名をお書き下さい

・その他、ご要望がありましたらお書き下さい

住所	〒				
氏名		職業		年齢	
Eメール	※携帯には配信できません	新刊情報等のメール配信を 希望する・しない			

この本の感想を、編集部までお寄せいただけたらありがたく存じます。今後の企画の参考にさせていただきます。Eメールでも結構です。

いただいた「一〇〇字書評」は、新聞・雑誌等に紹介させていただくことがあります。その場合はお礼として特製図書カードを差し上げます。

前ページの原稿用紙に書評をお書きの上、切り取り、左記までお送り下さい。宛先の住所は不要です。

なお、ご記入いただいたお名前、ご住所等は、書評紹介の事前了解、謝礼のお届けのためだけに利用し、そのほかの目的のために利用することはありません。

〒一〇一－八七〇一
祥伝社文庫編集長　清水寿明
電話　〇三（三二六五）二〇八〇

祥伝社ホームページの「ブックレビュー」からも、書き込めます。

www.shodensha.co.jp/bookreview

祥伝社文庫

ねこまち日々便り（下）ひとも来た編

令和５年５月20日　初版第１刷発行

著　者　柴田よしき
発行者　辻　浩明
発行所　祥伝社
東京都千代田区神田神保町 3-3
〒101-8701
電話　03（3265）2081（販売部）
電話　03（3265）2080（編集部）
電話　03（3265）3622（業務部）
www.shodensha.co.jp
印刷所　堀内印刷
製本所　ナショナル製本
カバーフォーマットデザイン　芥 陽子

Printed in Japan ©2023, Yoshiki Shibata　ISBN978-4-396-34884-7 C0193